月　姫

アンソロジーノベル①

枯野　瑛ほか

FB
Famitsu Bunko
ファミ通文庫

月姫キャラクター紹介

illustration:Takashi Takeuchi

アルクェイド・ブリュンスタッド

Arcueid Brunestud

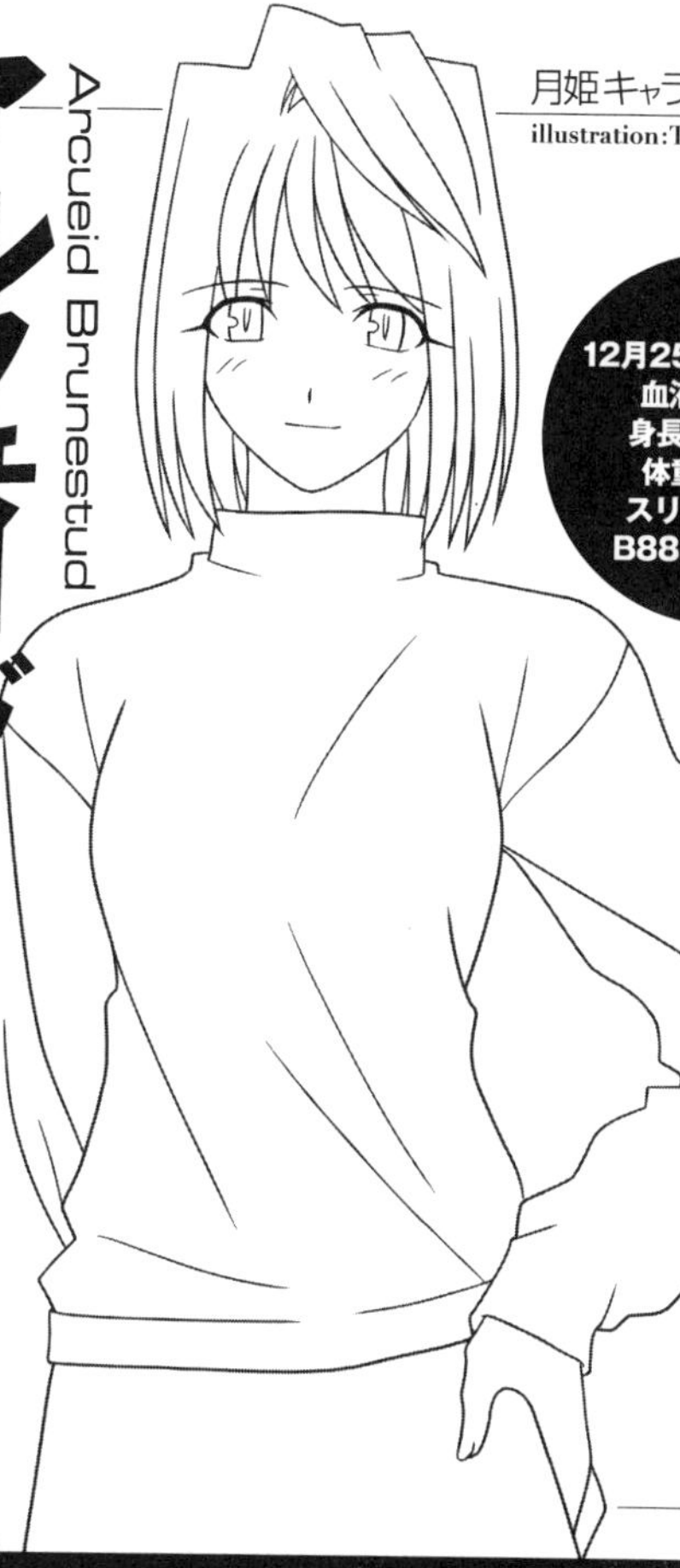

12月25日生まれ（自称）
血液型：不明
身長：167cm
体重：52kg
スリーサイズ：
B88 W55 H85

◎真祖と呼ばれる吸血鬼にして、その姫君。物語本編で、主人公・遠野志貴に殺されるというかつてない出会いをはたした『月姫』の正ヒロイン。地上生物を遙かに超越した戦闘力をもち、白人モデル顔負けの鮮やかな金髪とナイスプロポーションを誇る一方で、普段は無邪気なスマイルをふりまく。

（月姫キャラクター紹介）

遠野秋葉

Akiha Tohno

9月22日生まれ
血液型：A型
身長：160cm
体重：45kg
スリーサイズ：
B73 W57 H79

◎隣県の浅上女学院に通う、遠野志貴の一歳下の妹。物語本編・遠野家ルートにおける正ヒロイン的存在。一族の次期当主として育てられた為に、どこか近寄りがたく、勝ち気で、高貴なオーラをまとう天下のお嬢様キャラ。八年ぶりに実家へ舞いもどってきた志貴に対して密かな想いをよせている。

5月3日生まれ
血液型：O型
身長：165cm
体重52kg
スリーサイズ：
B85 W56 H88

シエル
Ciel

◎主人公・遠野志貴が通う学校の三年生。眼鏡の似合う、優しいキュートな先輩として登場するが、その正体は、法王庁の「埋葬機関」に所属する異端審問官。黒鍵、第七聖典などの武器、概念武装を用いて、教会にとって異端の存在を力ずくで排除する。なぜかカレーパンに目がない。

翡翠

Hisui

3月12日生まれ
血液型：B型
身長：156cm
体重：43kg
スリーサイズ：
B76 W58 H82

◎遠野志貴の侍女。琥珀と翡翠――双子のメイド姉妹の妹の方で、幼い頃から遠野家の使用人として仕えてきた。パッと見た限りでは無表情ではあるが、細やかに喜怒哀楽をみせる感情豊かな少女。得意な家事は掃除で、逆に料理は怖ろしく苦手。本編以外ではお茶目な部分を見せることもある。

◎翡翠の姉。遠野家の使用人として、料理と秋葉の身のまわりの世話を担当。表情の変化に乏しい翡翠とは反対に、茶目っ気があって、つねに笑顔を絶やさない。機知に富んだお姉さんタイプで、志貴でさえすっかり年上だと勘違いするほど。しかし彼女の微笑の奥には、許されざる過去が息をひそめている。

琥珀 Kohaku

3月12日生まれ
血液型：B型
身長：156cm
体重：43kg
スリーサイズ：
B78 W58 H80

◎遠野志貴のクラスメート。志貴と同じ中学校の出身で、二年生の冬に起きた些細な出来事をきっかけに、恩人である彼に一途な恋心をよせ続けている。だが親切と鈍感が服を着ているような志貴に気持ちが届くはずもなく、恋は依然として片想いのまま。やがて物語の渦が彼女を過酷な運命に巻きこんでいく。

（月姫キャラクター紹介）

弓塚さつき

Satsuki Yumizuka

◎アルクェイドの使い魔。『月姫』のファンディスク『歌月十夜』のヒロインとして登場。他者の夢を自在にあやつる夢魔で、普段の姿は黒ネコ。人に変化したときの容姿は、薄く青い髪に深紅の瞳、黒服を身にまとった外見およそ十歳くらいの少女である。無口な性格で、滅多にしゃべることがない。

このアンソロジーに収録された作品はTYPE-MOON制作のゲーム『月姫』をベースに、それぞれの作者が自由な発想、解釈を加えて構成したものです。『月姫』の作品内容に関する公式見解を提示するものではありません。

CONTENTS

月姫 アンソロジーノベル❶

第一話
かわいい女
text : 加納新太
illustration : 桜二等兵
013

第二話
路地裏の落陽
text : 枯野 瑛
illustration : 氷山あずき
077

第三話
ディスタンス・デート
text : 根岸裕幸
illustration : 山本七式
123

第四話
翡翠／琥珀
text : 貝花大介
illustration : 無私天使
183

第五話
塩辛と使い魔と大騒動
text : 関 隼
illustration : 宇佐美渉
239

月姫

Blue Blue Glass Moon,
Under The Crimson Air.

第一話
かわいい女

text
加納新太

illustration:Nitohei Sakura

私は兄さんに勝ったわ。

勝つといっても、ぶっそうな話じゃない。もちろん、お勉強だの習い事だのなんてことでもない。そんなことだったら、あの人は私より一学年上だけど、私のほうが以前からずっと上だったと思う。

好きになったほうが負け、なんて言葉がある。

陳腐で俗な言葉だけれど、でも、それは本当だと思う。

私は、兄さんに負け続きだった。

追いかけるのはいつも私。つかまえたと思っても、孤独癖のあるあの人はいつもするりとすり抜けてしまう。しかもそのくせ気だけは多いんだから。あっちへふらふらこっちへふらふら……。そのたびに私は、足もとが溶けるような不安感に襲われた。

今度のことだってそうだ。遠くに行っていたあの人は、前触れもなくふらりと帰って来た。

そして、あの人だって私のことを好きなくせに、私があの人に会いに飛んで帰るのを、屋敷で待とうとしていたんだわ。私があの人にどうしようもなく惹《ひ》かれていることの余裕からそうしているのではなくて、ただ自然に、私が、当然、会いに来るものだと思っているからよけい憎らしいじゃない。

だから私は帰らなかった。

私はこの浅上《あさがみ》女学院という、冷たくてやさしい揺りかごのなかに閉じこもった。

今度はあの人が私を追いかける番だ。私のことが好きなら会いに飛んで来ればいいんだ。そうだ、会いに来ればいい。――会いに来て。

私は確かめたかった。ほんとうに、私があの人を愛しているように、あの人も私を想ってくれているのかどうか。

わかってる。そんな意地悪しても、それって結局、私があの人を好きでたまらないことを露呈しているだけだって。

わかっているけど、そうせずにはいられなかった。だって私たちは、思いもかけず、唐突に離れ離れになってしまったんだもの。二度と会えないかもしれないと思って、怖かった。すごく怖かった。でも、あの人との絆《きずな》がほんとうにつながっていることを、今、実感できれば、この先どんなトラブルがあっても、私はあの人を信じ続けられる。

それほど長くは待たなくてよかった。

兄さんもまた、私を、強く激しく求めていた。

あの人は、電話や伝言で「帰って来い」と言い続けていたけれど、私は無視した。電話口にも出なかった。そんなことをしていたら、私のほうが会いたくて我慢できなくなってしまう——。

私は蝸牛《かたつむり》のように、耳をふさぎ、目を閉じ、殻のなかをあの人を求める想いでいっぱいに満たしていった。

兄さんが黒塗りの自家用車で私を迎えに来るまで、ひと月もかからなかった。

兄さんが来てくれた！　あの人が、私のために来てくれたんだ！

——でも、ひとつだけ、どうしようって困ったことがあった。

どんな顔で会えばいいいんだろう。

心構えをしなかったら、正体もなく泣きじゃくってしまうことはわかっていた。

長い間、お互いに会えない日が続いたけど、こんなことは何でもない……想いがつながっていれば、何の問題もないことなのだと……私はそう言いたかった。

だから、私は、笑った。

あの人も、顔のなかが涙で溶けているようなもろそうな笑顔で、笑ってくれた。

それから私は……少しだけ泣いた。


——それが。

私を救うために自分の命を投げ出した一人の少年と、私との、再会だった。

兄さんといろんな話をした。これからの私たち二人の話をした。私は、寄宿舎での生活を続けることにした。

といっても、遠野《とおの》グループの経営があるから（私は学生のくせに、大きな複合企業の代表なのだ。我ながらちょっと笑っちゃう）寄宿舎にだけこもっているわけにもいかない。金曜日の授業が終わったら遠野の屋敷に帰って、土日のうちにいろんな執務をかたづける必要がある。

つまり兄さんに会えるのは、金、土、日の三日間だけってことになる。

でも、それでいいんだ。気持ちさえ一緒なら、何の問題もない。

それに、すごくすごく照れくさい言いぐさだけれど、たまにしか会えないほうが、想いがつのっていいもの。

まあ、それが、私がお堅い寄宿舎生活を続けている主な理由。なのだけれど、実はもうひとつ理由がある。

月姫蒼香《つきひめそうか》。

三澤羽居《みさわはねい》。

私の愛すべきルームメイト。彼女たちの存在が、私のなかで兄さんと同じくらい大きなものになってきているのだ。

◆

私立浅上女学院は、中高一貫教育の全寮制女子校だ。

日本全国から良家の息女を集めて、高い塀のある敷地に隔離して、特殊な上流教育とやらを施すいわゆるお嬢様学校。別名、人間ブランド品製造工場。

ある日の夜。私がいたのはそんな学校のそんな寄宿舎。お風呂を使って、廊下を歩いて自室に戻るところだった。

かなり寒い。二月の夜だ。

一応暖房は効いていたけれど、何しろ学園創立時代の建物。築五十年の木造建築だからすきま風がさしこんで寒い。お風呂上がりのシャンプーの香りも凍りつきそうだ。

早く部屋に戻ってお茶にしよう……。

そう思ってぱたぱたと早足で歩いていた私を、誰かが呼びとめた。

「秋葉《あきは》お姉さまっ！」

パジャマ姿の中等部の後輩だった。ああ、見覚えがある。女子高の宿命というやつで、私みたいな生徒は後輩たちから特殊な好かれ方をするのだ。彼女は私にその特殊な好意を寄せてくれる一人だ。

名前は……何といったかな。忘れた。もの覚えは悪くない私だけど、さすがにそこまで覚えていない。そのくらい私の取り巻きは多いのだ。

どうせまた、つまらないファンコールみたいなお話を聞かせてくれるんだろうな、と思っていたんだけど……。

「秋葉お姉さま、お姉さまのお兄さまってかっこいいんですね！」

「はあ!?」

あまりにも思いがけない言葉に、私はつい間の抜けた声を上げてしまった。

何でこの子が兄さんを知っているの？

瀬尾《せお》が教えたのかしら。この学園の関係者であの人に会ったことがあるのは瀬尾だけだ。でも、それにしては「かっこいい」って……ずいぶん断定的だ。

こめかみがぴくりと脈動する。

じわり、と心の中で何かが染み出す。

「ちょっと、どうしてあなたが兄の容貌をご存知なのかしら」

「羽《は》ピン先輩に写真もらったんですよう━。やさしそうで、知的そうで、素敵！　中等部では、もうちょっとしたブームになってるんです」

彼女はのぼせあがっていた。風呂上がりだからじゃなさそうだ。

「ファンクラブ作ろうなんて言い出してる子までいるんですよー」

あの人の写真。羽ピンからもらった。ファンクラブ？

「ほら、これがその写真ですよー。プロが撮ったみたいにすごい写真でしょう！」

無邪気に差し出された写真。

確かによく撮れた写真だった。

やわらかな笑顔で、あの人が笑っていた。

その隣には、感極まった表情の私がいた。

まるで映画のワンカットのように絶妙なフレーミングであの人と私がいた。

まさに、明らかに、疑いようもなく私とあの人の再会の瞬間だった。

私のなかから流れ出しているものが勢いを増した。私はそいつの正体に名前をつける。

――これは、怒りだわ。

「重要なことを確認しますけれど」そろそろ我慢の限界だ。

「これをあなたは、羽居からもらったのね？」

「そうですよ？」

奔流が爆発した！

「羽居いいいいいいいいいいっっっっ！！！！！」

びりびりびりびりっ。窓ガラスが震動する。

私は駆け出した。

◆

ばあん！　ドアを力いっぱい開ける音が部屋に響く。

「羽居っ」

「あー、秋葉ちゃん、廊下で大声出したでしょー。ここまで聞こえてきたよー。いけないんだなあー」

羽ピンはいつも通り、ウェーブのかかった栗色の長い髪を揺らしてぽやーんと言った。人呼んで天然アルファー波放出女。

こいつが我がルームメイトの片割れ、三澤羽居。通称羽ピンだ。

こいつののんびり口調には、いつも毒気を抜かれてしまう私だけれど……あんた、今日はそうはいかないわよ。

ばきぼきぼき。指が鳴る。

「どうしてあなたがこんな写真を持ってるのか、聞かせてもらおうかしらっ！」

さっきの後輩から取り上げた写真をつきつける。

「あー、わたしが撮った写真だー」

「いつ撮ったの！　どこから撮ったの！　どうして撮ったのよ!!」

「秋葉ちゃん、怒ったらこわいよー」

「とぼける気なのあんたっ！」

私は羽ピンのほっぺたをおもいっきりつかんでやった。ぷくぷくやわらかい。

左右におもいっきりひっぱる。モチみたいにふにゃふにゃ伸びる。

……なんか気持ちいいぞ。ぐりぐりこね回す。

「いふぁい、いふぁいよあきふぁひゃん」

「ちゃんと喋れーっ！！」

「おい、無理言うなよ……。そいつの顔を伸びきったゴムみたいにするのはおもしろいだろうが、そのままだと大事なことを尋問できないぞ」

　後ろからかけられる冷静な指摘。共同浴場から帰って来た蒼香があきれた顔で見ていた。月姫蒼香。我がルームメイトのもう片割れだ。

　まあ、彼女の言うことはもっともだ。私は羽ピンを解放してやった。

「ううー、ひどいよ秋葉ちゃん」

「ひどいのはあんたよ。どういうつもり？　わざと？　返答いかんによってはただではすまさないわよ」

「こわいな、そりゃ。羽居、おまえ明日の朝日は拝めないかもしれんな」

　——全然自慢にならないけど、私は学園きっての武闘派だ。

　私は目立つから——まあ自分で言うのもなんだけど、家が派手だし、何でもよくできる性質《たち》だから——出る杭《くい》を打つのが大好きな連中が昔からいやがらせをしてくるわけだ。そんな連中を、私はひとつの例外もなく荒っぽい方法で黙らせてきた。

　味方は大事にするが、敵は徹底的に叩《たた》く。それが私。私はやりたいようにやる。邪魔するなら、力ずくで押しのけてまかり通る。

　そんなふうにしている私をたのもしいと慕ってくれる人がいて、いつのまにか私は生徒会の副会長なんてものになっていたりする。支持してくれるのは主に中等部の子たちだ。凛々《りり》しく強く完璧なる遠野先輩！　なんて身に余ることを言う子もいる。

高等部の同級生や先輩はもうちょっと私の本性を知っているから、陰で鬼女《おにおんな》、なんて呼んで恐れている。私の顔を見ると身を隠す輩《やから》を数えたら両手ではきかない。

そんな生き方がよかったのかどうかは大いに疑問が残るけど……とにかくそれがこの小社会における、私の両極端な評価。

さて、それで？　羽ピンは私の敵なのかしら。味方なのかしら。

私はそう訊《き》いたわけなんだけど……。

「うわー、秋葉ちゃんと蒼ちゃんが、二人してひどいこと言ってるよう—」

口ではそう言っているけど、全然嘆いている感じじゃない。私の凄みを、ぽわーんと天然で受け流してくれてしまった。……まったくこいつは。

まあ、そういう芸当ができるから、私の友人が務まるわけだけど。

「まあ羽居、遠野は一応話を聞いてくれると言ってる。ここはおとなしく釈明してお怒りを解いていただけ。遠野が不機嫌だとピリピリしてかなわん——」

風呂上がりだというのに、大きくてゴツゴツしたパンクな指輪を三つも四つも指にはめなおしながら、蒼香が言った。

「おまえ最近デジカメ持ち出してあちこち撮ってただろ。件《くだん》の写真とやらはそのついでの土産だな」

「そうだよー。自治会の先輩に頼まれて寄宿舎の写真撮ってたんだー。もうすぐ改築が進んで元の建物のかたちがなくなっちゃうから、その前に写真を保存しとくんだって」

「で、この写真はどうした」

「んーとねー、お天気がよかったから、表に出て建物の外観を撮ってたんだよ。そしたらすぐそこで、秋葉ちゃんが男の人と会ってたの。ああ、あれが噂《うわさ》の秋葉ちゃんのお兄さんなんだなーって思って……」

「そこでどうして兄さんの写真を撮るわけ⁉」

「ちがうよー。わたしは秋葉ちゃんの写真を撮ったんだよ」

「私の？」

「うん。なんだかね、そのときの秋葉ちゃんはいつもとちがったの。なんでかわかんないけどすっごくかわいかったんだよ。わたし、ついぼーっとみとれちゃって……」

お兄さんが写ってるのはそのおまけー、と彼女は付け足して、ふわりと笑った。

私は絶句した。

ため息が出る。

はあ……なんてことだろう……。

私とあの人の、あまりにも大事な瞬間は、この女にばっちり目撃されてたってわけね……。おまけに頼んでもいない記録係まで務めてくれちゃったわけ。

ああ。

あああ～っ。

私は情けない声を上げてへなへなと脱力した。

「でも！」

にわかに身を起こしてさらに問い詰める。

「だからってなんで、その写真を勝手に人に配ったりするのよ！」

「だから、秋葉ちゃんがかわいかったからだよ」

「何よそれ！」

「だからね、秋葉ちゃんのことを、近寄りがたいねーって噂してる中等部の子がいたから、そんなことないよーって教えてあげようと思って、パソコン教室でプリントしてあげちゃったんだよー」

ふにゃふにゃと羽ピンが言う。これだ、この感じ。こいつの辞書には悪意というものがない。悪意がないだけの人間なら私も容赦しないんだけど、それだけでなくこいつには独特の雰囲気があって、私の攻撃衝動をふにゃふにゃ包み込んでしまうんだ。

だめだー、こいつには勝てないー。

私は今日も結局、怒る気をすっかりなくしていた。はあー。またた。またもやため息。

「でもどうして、そんなに写真が出まわるのがいやなの？」

その問いには、蒼香が代わりに答えた。

「あのな、遠野がその……兄貴に特別な感情を持ってるのは知ってるだろ」

「うん、有名だもんねー。『遠野秋葉ブラコン説。鉄の淑女の唯一の泣きどころ、遠野兄の正体とは⁉』」

「ブラコン言うなっ！」

ブン！　と回転をつけて投げたスリッパの硬いところが羽ピンのよこあたまに命中した。羽ピンのおかげで私のスリッパ投擲《とうてき》術は日に日に磨きがかかっていく。嬉《うれ》しくない。

「でだ。そんな特別な兄貴の写真を、誰とも知らない他人が持ってたら、いい気はせんだろう」

「そっかー、秋葉ちゃんはお兄さんのことが大好きでひとりじめしたいから、写真でも人の手に渡るのはいやなんだね」

「ああもう！　はっきり言いすぎだけど、要はそういうことよっ！」まったく、婉曲《えんきょく》な表現ってものを知らないやつらだ。もう何とでも好きに言ってくれえ～！

ばふっ。床に座ったまま、頭だけベッドに突っ伏す。

「ごめんねー秋葉ちゃんー」

羽ピンが申し訳なさそうにぺたりと背中から抱きついてきた。彼女のやわらかな胸があたる。ええい、うっとうしいっ。

でも、振り払うことはなぜかできないのだった。

結局私は、この二人が好きなんだろう。

彼女たちは私の牙《きば》を、痛みもなくするりと抜くことができる。

奇妙なことだけど、私は、自分の武器を奪われることに安らぎを感じていた……。

あうっ
・・・やれやれ。

「で、写真データは今どこにあるの」

しばらくぐったりしたあと、私は訊いた。

「えー、デジカメのなかにあるよー」

「そう。じゃ、さっさと消去してちょうだい」

「でも今持ってないもん」

私はがばっと身を起こした。

「ちょっと！　どこにやったのよ！」

聞き捨てならないぞ、それは。

「まさかもう自治会に渡しちゃったんじゃないでしょうね」

まずい。そうなると非常にまずい。学校内を仕切っている私たち生徒会と、寄宿舎の学生組織である自治会は伝統的に険悪な仲だ。あんな写真が彼女らに渡れば、私は弱みを握られることになる。

「ううん。あれって、学校の備品なんだよ。今日の夕方返しちゃったから、今ごろ職員室ー」

「そうか、学校貸与の備品は生徒間でまた貸ししちゃいけない規則だものね。自治会に渡すには、いったん職員室に返却する必要があるわけか」

よかった。あの恥ずかしい写真は、まだ人の手には渡っていないわけだ。

「そういうことなら後の話は難しくないな」と蒼香。

「明日の朝一番で職員室に押しかけて、おまえさんお得意の生徒会権限を振りかざして、そのデジカメを回収してしまえばいい」

「そういうことね」と私。お得意の権限とかいうのがなんとなく気に入らないけど。

「ああ、なんとか事態を収拾できそうだわ」

するとと羽ピンが今思いついたように言う。

「ううん？　写真が出まわるのがいやなら、プリントもぜんぶ回収しなきゃダメじゃないかなー」

ぎょっとした。

「あんた、いったい何枚刷ったのよ！」

「ん？　えーっとね、あげたのは晶ちゃんとそのお友達二人にだから、ぜんぶで三枚だねー」

「瀬尾おおおおおっ！」

あの子ギツネ～っ。こんな騒ぎのときにはやっぱり関わってくるんだわ！

私は部屋を飛び出した。

◆

瀬尾晶《あきら》は私の二年下の後輩だ。

中等部生徒会で会計を務めている。

彼女は私の大のお気に入りの後輩だ。頭の回転が速くて行動力がある。くりくりと大きな目やちょこまかとした動作もかわいらしくてとてもいい感じ。

なんていうのかな。彼女を見ていると、人懐っこいふさふさの座敷犬を、思わずかいぐりたくなるような気持ちになる。

でも……彼女には致命的に許せない欠陥がひとつだけあった。いつどこで会ったのか、兄さんと個人的に知り合いになっていて、「志貴《しき》さん」なんて名前で呼んで、そしてあの人にどうしようもなく憧れているらしいのだ……。

ゴツ、ゴツ。拳《こぶし》の固いところで力をこめてゆっくりノックする。返事を聞くか聞かないかのうちにゆっくりとドアを開ける。

机に向かって何やら書き物をしていた瀬尾は、私を見てぴくりとした。ははあ。小動物的直感でこれから起こることを察知したってところかしら。

ずかずかと大またで進み、瀬尾のふところ深くまで近づくと、私は彼女を見下ろしながら言った。

「瀬尾」

「はっ、はいぃぃぃぃ……」

かわいそうに。そんなに怯《おび》えきって。歯の根が合ってない。

「瀬尾、何か私に隠していることがあるでしょう」

「なっなっなっ、何のことですか」

ああ、瀬尾、瀬尾。駄目よ。しらばっくれるときにはもっと堂々と。

でも、そういうところがかわいいのよね。めちゃめちゃにしたいくらいに。

だから、言う。

「そう、とぼける気なのね。正直に言うなら、私の写真を隠し持ちたいなんて先輩思いのいい子ね、ということで勘弁してあげようと思ったけど……その様子ではお目当ては、私の隣に写っているもう一人の誰かさんのようね」

「ごっ、後生だから許してくださいいいい〜〜〜〜〜っ！」

瀬尾は必死で作ろうとしていた無表情を崩してあっさり陥落した。

そうそう、最初からそうやって素直になればいいのよ。ああ、でも、素直すぎてもそれはそれでつまらないかな。……さてと。

「まず。写真を出しなさい」

「でっ……」

で？

しばしの間《ま》。

「……できません」

ばあん！　私は反射的に机を手のひらで力いっぱい叩いた。前言撤回。素直じゃないのはちっともよくない。

「よく聞こえなかったわ。もう一度言ってごらんなさい」

「貴重な作画資料を手放すわけにはいきませんっ！」

作画資料？

瀬尾がしまったという顔をした。

そこで気づいた。瀬尾は机に両手を伏せて、そこに広げられた紙を隠そうとしている。

私はものも言わずに瀬尾を押しのけてその紙をひったくった。

「…………………これ、何？」

それは手描きの漫画の下描きだった。大ざっぱにコマ割りがなされ、そのなかに人物の顔がいくつか描きこんであった。会話の場面みたいだった。

一人だけ妙に細かく描きこんである人物があった。目玉が大きい。頬とあごが変にとがっている。でも全体的な雰囲気は……まちがいなく兄さんの似顔絵だ！

「あんたーっ！　何よこれっ！」

「げ、原稿ですぅー」

「何の！」

「み、ミニコミの……」

「だから何の！」

「し、し、志貴さんファンクラブの……」

「あんたなんてことしてんのよ――――――っっ！」

　怒声が周囲をびりびり震わせる。瀬尾が思わず耳をふさぐ。耳をふさいでも私の怒りはやりすごせない。

「ファンクラブってまさか、あんたが主犯なの!?」

「ちっ違いますよう！　わたしはただ依頼されただけですぅ――」

「じゃあ誰の企《たくら》みなのよ！」

「今、交友室で会合やってる子たちです……」

「残りの写真も、そこね？」

は、はいぃ……、と、消え入るような声で言う瀬尾。

　何よ。思ったより面倒なことになっちゃってるじゃない。これは、急がなきゃ。

「瀬尾、今日は時間がないからこれで引き上げるけど、このことは後でじっくり追求させてもらうわよ」

　小動物はとりあえず解放されてほっとしたような、今後のことを思っておののいたような、微妙な表情を浮かべた。

「あと、これは没収っ」

　私は瀬尾の机の引き出しをすごい勢いで開け、そこに入っていた兄さんの写真を取り上げた。

「あっひどい！」瀬尾の顔色が変わった。

「うわ〜ん！　遠野先輩のオニー！　アクマー！　ヒトデナシー！」

ふん、いまさらそんなことを。

言われなれてて痛くも痒《かゆ》くもないわよ。

私は背中で聞きながらドアノブに手をかけた。

「遠野先輩ブラコンー！」

「ブラコンと言ったかあああっ！」

私はドアノブをひっこ抜いて瀬尾に投げつけた。とてもいい音がした。

◆

その足で私は交友室に向かった。この場所はお茶とお菓子が用意された一種のサロンだ。この寄宿舎唯一の娯楽的な場所といっていい。

そして今日は、私とあの人の写真が、恰好《かっこう》の娯楽として供されているというわけだ。

私はそこに入っていった。

とたんに、きゃあとかわあとか遠野先輩とかお姉さま！　とかいう嬌声《きょうせい》が渦のように巻きあがった。私は中等部の生徒十人ばかりに一瞬で取り囲まれた。

「遠野先輩、今度お兄さまに会わせてください！」

「秋葉お姉さまも素敵だけど、お兄さまも素敵！」

「お兄さまって、すっごくやさしそうですよね！」

「どんな方なんですか！」

「わたしたちファンクラブ作っちゃったんです！」

ああ……心のなかでうんざりと首を振る。

彼女たちの目は熱狂的で、うっとりとしてうるんでいる。この目は知ってる。私を
「秋葉お姉さま」と呼ぶ輩と同じ目だ。つまりありもしない幻想を見ている目だ。

離れたところで別のテーブルを囲んでいた高等部の生徒たちが、騒ぎを耳にしてぎょっとした。当然だ。私に兄さんの話を振るってことがどういうことなのかわかっていれば――。

そうか。この子たちは私がどんな人間なのかよく知らないのか。

「ファンクラブ？」おっとりした感じで首をかしげてみせる。私だってやろうと思えばそんな顔をすることもできる。

「そうです！」

「わたしたち、お写真と晶の同人誌で、すっかりトリコになっちゃいましたぁ～」

「同人誌？」……って何？

「これですよこれ！」

彼女たちが嬉しそうに見せてくれたのはＢ５の紙を平綴《ひらと》じにした薄っぺらい冊子。ぱらりとめくってみる。

……言葉にするのも馬鹿らしい内容だった。ありえないくらい美化された兄さんがありえないセリフを喋っている漫画だった。瀬尾、あんた頭大丈夫？

ぱちんと両手で挟むように勢いよく冊子を閉じる。駄目だ、ついていけない。

「どうも、我が遠野家のごくプライベートな写真が、世間に出まわっていると耳にしているのですけれど」私はこほんと咳払《せきばら》いして言った。

「それはあなたがたがお持ちになっていていても意味のないものですから、ご返却願えますね？」

「ええ〰〰っ⁉」

夢見る少女たちがユニゾンで不満を表明する。そのなかの一人がポケットから写真を取り出し、手放せない、とでもいうかのようにかき抱いた。

あなたたち間違えてるわよ。私が言ったのは提案ではなく、命令。

「でもあたしたち、お兄さまに憧れてるんです」

「噂の秋葉さまのお兄さまのお写真、わたしたち初めて見たんです」

「すっごく感じのいい人だなーって、みんな気に入っちゃったんです」

「それにこれはあたしたちのだし……」

「たちじゃなくてあたしのだけど」

「わたしたち、お兄さまのこと大好きなんです。だからお願いします、これ持っててもいいでしょう？」

……かちんときた。特に最後のやつにきた。ふうん、そう。私に向かって、あの人のことを好きだと言うの。

私はにっこりと微笑《ほほえ》む。

「なるほど。わかりました」

かわいい後輩たちはほっと息をついた。

「つまりあなたがたは、私が卒業するまでの数年間、この狭い学園のなかで、毎日をガタガタ震えてお暮らしになりたいというのね？」

彼女たちの血の気がさあっと引くのがわかった。

そうよ、私はあなたたちが思うような、幻想のなかの翼ある白馬などではないの。どちらかというと、蛇の髪の毛を持つ魔女のほうなの。

彫像のように固まった後輩の手から、ぴっと指先で写真を取り上げる。そして身をひるがえして、この部屋を出て行こうとした。

後輩たちは、まだ呆然《ぼうぜん》としていた。彼女たちの何が私を怒らせたのかわからないようだった。親切な高等部の誰かが、そっと耳打ちで、私の怒りの理由を教えてやっているのが背中で聞こえた。

と、私の地獄耳が、いやなカタカナ四文字を聞いたような気がした。

「ブラコンじゃないって言ってるでしょううううっ!!」

私はそこにあった鉢植えの観葉植物をつかんでひっこ抜いて、投げた。

◆

「それにしても、どうして兄さん、こんな妙な人気があるのかしら」

自室に戻って来た私は、蒼香や羽ピンに聞かせるわけでもなくつぶやく。

目の前に同じ写真が三枚。

私にとっては誰よりも愛《いと》しい人の絵姿だけど、他人がそれほどまでに騒ぐ理由がよくわからない。

だって兄さんは基本的には凡庸だもの。顔だって、まあ整ってはいるけど、そんなずば抜けて美形ってわけでもないし。さっきみたいに女子中学生がのぼせあがってしまうような美点が、私が言うのもなんだけど……思いつかない。

「それはおまえ、あれだよ」

自前の急須でお茶を淹《い》れて自分にだけ注ぎながら蒼香が口を挟んだ。

「いくつもの要素が複合したんで、結果的にそうなっちゃったんだろうな」

「複合?」

「そうだよ。まあまず一番わかりやすい理由はここの男っ気のなさだ。何しろ男性教師もほとんどいないし、いったん入学したが最後六年間ろくすっぽ外出もさせてもらえん。おまけに私物の持ち込みにまで制限があって、外部の情報にもアクセスが難しい。そんな場所にいれば、そこそこのご面相の男なら人気者になってしまうさ」

外泊常習犯の女ロッカーは他人事のように言った。彼女が使っている茶碗と急須も持ち込み禁止物だ。

「そうね。ただでさえ思春期まっさかりのお嬢ちゃんたちだもの。当然といえば当然か」

「次にだ。出まわった写真がよりによって、噂に名高い『遠野秋葉の兄』だったわけだよ。おまえさんは有名人だし、不本意かもしれんがおまえがブ……」

ぎろりと殺意をこめて睨《にら》む。

「……いや、実の兄に複雑な思いを持ってるらしいって噂も案外知れ渡ってしまってる。学園の影の支配者であるおまえさんが、ひっそり惚《ほ》れてるらしいって相手だ。そりゃ誰だって興味を持つし、現実より割増しで魅力を感じても無理ないところだろうな」

「へへー、黒いフィクサー、ドン・秋葉ちゃんだもんねー」

羽ピンが面倒な話をパスして、どうでもいい部分に口を出す。

むっ。影の支配者って何よ。B級映画の悪役みたいで不本意。

でもさっきまで後輩たちをおどしつけていたことを思うと否定しきれなくてくやしい。

ちなみに兄さんは私の実の兄じゃないんだけど、そこまで訂正する気はもちろんない。

「だが、最も決定的だったのはこいつの出来だ」

蒼香が写真を一枚手にとって眺めた。

「こいつが上手《うま》く撮れすぎてるんだ。これが偶然の出来じゃなく、羽居の腕だとしたらすごい才能だぞ」

「もちろんわたしの才能だよー」

えっへん、とわざわざ口に出して羽ピンが胸を張る。……どう考えても偶然だと思う。

「男のほうもよく撮れているんだが……それ以上にその隣に写っているどこぞの恋する女の表情がすごい」

羽ピンの茶々を聞き流して蒼香は続けた。

「これ一枚で幻想としての物語が成立してしまっているんだ。この女のこの顔を向けられている男の価値は、それだけで何倍にも増して見える」

ふうん。そうなのかな。

気恥ずかしいので、私はこの写真を、あまりまじまじと見られないでいた。

「しっかしまあ、よくも見事に撮ったものだよ。『あんまりかわいくてつい撮った』とか羽居が言ってたが、確かにそうだ。遠野とは思えんぞ。これほんとにおまえさんなんだろうな？」

と写真に目を落としながら蒼香は言う。

失礼な。

私も一枚手にとって、あらためてじっと見つめてみた。

それはほんとうに、フランスかどこかの恋愛映画みたいだった。そこにはあの人の笑顔があった。その隣に、鏡で見る自分とはあきらかに違う顔の私がいた。そして。

私は固まった。

そうか。

私は。

あの人の前では。

こんな顔をしているのか——。

急に頭に血がのぼって目の前が真っ白になった。顔が火照《ほて》る。頬が熱い。動悸《どうき》がする。

「うわっ、おまえほんとうに遠野か!?」

「あー、秋葉ちゃんが照れてるー」

蒼香がびくっと、幽霊でも見たみたいに私を見た。羽ピンがへらーっと笑って言った。

私は我に返った。

そうか、まさに今、私は、そんな顔を——!?

なんてことだ、こいつらに見られたーっ!

ものすごく、ものすごく恥ずかしい。

慌てて頬を両手でぴしゃりと叩き、ふだんの顔に戻ろうと努める。ごまかすように、蒼香から写真をひったくる。

そして反射的に、三枚まとめてくしゃりと丸めてしまった。

「あっ」

しまった……!　兄さんの写真が。

いいのか、と蒼香が目で訊く。

全然よくない。けど。

「いいのよ。一度人の手に渡ってしまった写真なんて、なんとなくいやだもの」

それは嘘《うそ》ではない。嘘ではないけど、我ながら取ってつけたような言い訳。

私は、写真をさらに固く丸め、くずかごに放りこんだ。

蒼香が見透かすように、にやりと笑った。

◆

その夜はさっぱり寝つけなかった。

午前三時ごろ、あきらめて私はベッドから出た。静まりかえった真っ暗な部屋に、蒼香と羽ピンの寝息だけがかすかに聞こえていた。

私は捨てた写真をくずかごから取り出し、両手でそっとしわを延ばした。三枚とも延ばし終えるとカーペットの上に並べて置いた。

「…………」

何をやっているんだろう、私。

思いなおして私は再び写真をくしゃくしゃに丸め、くずかごに放りこんだ。

学園では、食事は広い食堂に全生徒が集まって黙々と行われる。

翌日の朝。朝食をとりながら私は、好奇の視線があちこちから自分に集まるのをひしひしと感じた。

どうやら、私が兄さんの写真の流出に困ってあちこちで大騒ぎを起こしているという噂が、あっという間に広まったらしかった。

◆　◆

大急ぎで身支度をすませ、専用通路を歩いて十分ほどのところにある学園校舎に朝一番で向かう。

もちろん、職員室のデジカメに入っているデータを確保するためだ。

蒼香と羽ピンもついてきた。昨日からの騒ぎの結末を見届けるんだとか。

ようするにおもしろがってついてきたのだ。

職員室のドアを開けると、まだ先生方は来ていないようだった。教師用事務机の島をいくつか横切って、スチール製の備品保管棚の前に立つ。

ここにある学校備品は、一般生徒が借り出すときには管理の先生に許可を取らなければならないが、私みたいな生徒会役員は、帯出簿に記帳さえしておけば勝手に持ち出すことができる。

まあ、いわゆる優等生の特権っていうやつ。私はあんまりこういうの好きじゃない。でも、今日のこの際には便利な慣例ではあった。

が。

「ない」

棚のなかのあるべきところにデジカメはなかった。

「羽居、あんた確かに返却したんでしょうね」

「したよー。わたしは秋葉ちゃんみたいにフリーパスじゃないから、ちゃんと先生に確認ももらったもんー」

羽ピンは首をかしげて不思議そうに言った。

「そのノートにもちゃんと名前書いたしー」

私は事務用紐《ひも》で棚にくくりつけられた帯出簿を手に取ってめくった。

確かに、昨日の夕方の欄に特徴的な、のたくるような丸文字で羽ピンの名前と時刻が書き記してあった。

そして今日の欄に、新たな持ち出し記録が書き加えられていた。

〈廣瀬文香／二年一組／生徒会長〉

「やられたな」蒼香が横からのぞきこんで言った。

私は時計を見た。持ち出し時刻はほんの五分前だ。

「なるほどね。悪知恵の働きだけは素早いわ」

下品だとはわかっていたけど、私は力いっぱい舌打ちした。


廣瀬文香は我が浅上女学院生徒会の現生徒会長だ。私たちの一学年先輩にあたる。

生徒会役員としての実務能力は、はっきり無能といってよかった。彼女が発案して学園側に認めさせた議案や学校行事はひとつもなかった。

彼女は恐ろしく保守的だった。前例のあることを、前例通りに右から左へ消化することが彼女の「仕事」だった。彼女に興味のあるのは、生徒会長という立場を使っていかに大きな顔をするかということと、生徒会役員に認められたささやかな特権を嬉々として行使することと、そして卒業後もなにかと便利に働くであろう「浅上で生徒会長を務めた」という箔《はく》についてだけだった。

ただ、教師受けは悪くなかった。この学園自体が保守性を色濃くまとった存在なのだし、むしろ面倒くさいことを言い出さないぶん、私などより受けがよかった。

そして彼女は、私の政敵だった。つまらない約束ごとは廃して学園生活を少しでも過ごしやすくしようと考えている改革主義の私とは相容《あいい》れない間柄なのだった。

「おもしろい。あっちは来年のおまえさん対策に動き始めたぞ」

私を横目で見ながら蒼香が言った。私はおもしろくもなんともない。

でも、まあ、そういうことなんだろうな。

もうすぐ年度が変わる。高等部三年生は生徒会から引退するしきたりだ。そして来年度の生徒会、私が会長になって全権力を掌握するのはほとんど確定していることだ。

その私がやっきになって探しているものを押さえれば、私に対する有効なカードとして使える——そう考えたわけか、廣瀬は。

そういうジメジメしたたくらみだけは得意なのだ、あいつは。

「で、後手にまわっちまったおまえさんとしてはどうするんだ？」

「とりあえず、早急に手を打っておかなきゃいけないことがひとつあるわね」

「ほう？」

「羽居、あんたにひとつアルバイトをしてもらうわ」

「いいよー。クッキー五日分でひきうけるよー」

「ばか。元はといえばあんたのおかげで始まった騒ぎなのよ。この事態を収拾するためなんだから無償でキリキリ働きなさい」

「ケチー！　……でもそれでもいいよー、ほかならぬ、愛する秋葉ちゃんのためだもん、なんでもやったげるー」

よしよしいい子だ。

私はまた職員室を横切り、壁に貼られている校内施設の使用予定表を見た。そして備え付けの水性サインペンを取り、パソコン教室の欄に〈生徒会活動／終日〉と書き、鍵棚から鍵を取って羽ピンに放《ほう》った。

◆

放課後、私たち三人は校舎一階の東端にあるパソコン教室にいた。

私が生徒会名義で一日占有しているから、他には誰もいない。

私が危惧《きぐ》したのは、写真データがコピーされて、予備を作られてしまうことだった。

私物持ち込みに厳しい規制があるこの学園、個人でパソコンを持っている生徒なんかいない。平日には校外への外出もできないから、ラボに持ち込むこともできない。

あの写真のコピーやプリントを作るためには、この教室を利用するしかないのだ。

今のところ、廣瀬やその手下が忍んで来た気配はない。

休み時間に忍びこんで作業したりもしていないみたいだ。

「ふぃ〜、今日は疲れたよう｜」

羽ピンがぐったりとデスクに突っ伏している。

それは疲れるだろう。

何しろ、授業のあいまの休み時間ごとにここに走って来て、誰か来ないか見張っていたのだから。

それが、私が彼女に命じたアルバイトだったた。

教室の鍵は私たちが確保しているけど、マスターキーを持ち出されたら厄介だ。だから羽ピンは、休み時間のたびにここに来て、時間ギリギリまで籠城《ろうじょう》しては、次の授業に間に合うように慌てて教室に戻る……なんてことをまる一日何度も繰り返したのだ。

……まったくご苦労さん。

羽ピンは自分の持ち物もろくに整頓できない不精者のわりに、こういう人からの頼まれごとはなぜか少しも手を抜かずにきっちりやる。

まじめくさった顔で――といってもふつうのときの顔がぽややんだからそれなりにしか見えないけど――パタパタと廊下を行ったり来たりする彼女を思い浮かべる。

かわいいなあ、と思う。

……かわいい、か。

羽ピンは、あの人の前にいた私を、かわいかったと言った。

――私はかわいい女なんかじゃない。

私は冷たくて、固くて、棘々《とげとげ》した女だ。

自分勝手で、独占欲が強くて、サドっ気まであると思う。

誰かがうまいことを言った。鉄の女。

その通りだ。だって私はこんなに恐れられてるんだもの。昨日だって、たくさんのいたいけな女の子を身震いさせたばかりだ。

いったい私のどこに、かわいいなんて言葉が入りこむ余地があるっていうのだろう。

「かわいいってのは、羽居や瀬尾みたいな娘のためにある言葉よね」

ぽつりと言ったその言葉で、蒼香は私のとりとめのない考えをだいたい察知したみたいだった。彼女は何秒間か私を見つめて、そして言った。

「例えばだな」

「うん」

「おまえさんは一般的に、おっそろしい女だということになっているわけだ」

「うん」

「だが、嫌われているかというとそういうことはぜんぜんないな。なぜだ」

……なぜだろう。理由はわからない。

ただ私の心の一部が、嫌われるのはいやだと叫んでいる……。

「前にも似たような話をした気がするが――」蒼香は続けた。

「おまえは羽居にはやさしい。生徒会の後輩たちにもやさしい。だからそいつらには、べったべたに慕われている」

「うん」

「恐ろしいおまえとやさしいおまえと、どっちが本当のおまえだ?」

それは――。

私がやさしいのだとしたら、それはあの人がやさしかったからだ。

兄さんは子供のころから穏やかで温かだった。誰にでもやさしい人だった。私はそのころから、あの人がどうしようもなく好きだった。

私が七歳で、あの人が八歳のとき、ある事情であの人は親戚に引き取られて行った。私たちは離れ離れになった。

私は、真っ暗な宇宙に一人で放り出されたように致命的な喪失感を覚えた。

何かにすがりつく必要があった。私は、私のなかのあの人の記憶にすがった。そう、そのときから私は、あの人の真似《まね》をするようになったんだ。あの人のように生きることで、あの人を感じようと思ったんだ。

元をただせばそれだけのこと。だから——。

「私の元のかたちは冷たい。やさしく見えるのはペルソナにすぎない」

そうだ。だってそもそも、遠野家の血には人ならざる異形のモノの血が混じっているのだから。誰にも、蒼香にも言えはしないことだけれど、私だって実のところ、半分くらい人間ではない。そう。千年くらい前には遠野は人を食らって栄えていたんだもの。

恐怖される私が源流であり、慕われる私が偽装であるのは自明のことじゃない……。

「そう言うと思ったよ」蒼香は深海のようにくろぐろとした瞳で私を見ていた。

「だが、その認識は大きな錯誤を含んでいる」

「どういうこと？」

「羽居のやつは、おまえさんを評してこう言う。『一見素直ではないが、根はかわいくてよい子だ』と」

「うん」

「一方おまえは自分のことを『やさしく見えることもあるかもしれないが本来的には冷たくて鋭利だ』と思っている」

「うん」

「おまえらはようするに人間を大福みたいに思っているんだ。餅《もち》という表面のなかに餡《あん》子《こ》という本質が入っているという単純な見方をしているんだ」

「あなたはそれを違うというのね」

「そうだ」

「どう違うの？」

「人のあり方というのはもっとカオスなものなんだ」彼女はことばを選びながら続けた。「大福型ではないんだ、そうだな、例えるなら煮込み料理みたいなものかな」

「煮込み料理」私はイメージを作りながら言った。

「そうだ。何種類……いや、何十種類もの具材が放りこまれたシチューみたいなものなんだ。おたまですくってみるまで何が出てくるかわからない。しかし全体としては、すべてが混じりあってひとつの味を形成している」

「羽居たちは私のなかの甘い具材だけを常に引き当て、それ以外の子たちは辛い具材だけを常に引き当てているというの？」

「そうじゃない。それは、二口目以降をちゃんと味わって、おまえという料理の全体の味を正しく見極める機会と度量がちゃんとあったかどうかという差なんだ。中には隠し味のタカノツメをうっかり嚙《か》んじまって激辛料理だと思いこむやつもいるわけさ」

「…………」

――そんなふうに考えたことは……なかった。

さすが、お寺のお嬢さんらしい考え方だな。蒼香はその家業を憎んでいるから口には出せないけれど。

「あなたは、人格を二面性によって理解するのは視野が狭いというのね」

「そうだ」

「私の家はね――」私は、言うべきでないことを打ち明けようとしているのかもしれなかった。「血統的に、二重人格者が多く出るの」

「ほう」

「だから、自分のなかに危険な側面を感じたら、心の裏側にひた隠しに押しこめて、社会的に作り上げた表の顔だけで生きるよう努力しなさいと教えられてきたわ」

「成功してないじゃないか」蒼香は遠慮なく笑った。その遠慮のなさに私は安心した。

「けれどあなたは、裏に隠した私の危険な側面を否定しえないかわりに、表に向けているやさしさの仮面も虚構ではないというのね」

「その通りだ。だから――」

蒼香はちょっと戸惑ってから、続けた。

「羽居がおまえさんのことをかわいいと言ったなら、おまえはかわいい女だ」

「なんだか口説かれてるみたい」

「よしてくれ」

蒼香はいやな考えを払うように手を振った。

「蒼香、あんた、いい女ね」

「だからよせって。全然嬉しくない」

蒼香は憮然《ぶぜん》とした。……ひょっとして、照れているのかもしれない。

ふひゅるるる～。

羽ピンがおかしな寝息を立てる。

彼女はデスクに伏せたままいつのまにか眠ってしまっていた。

「この子もね」私は彼女のやわらかい髪をそっと撫《な》でた。

寄宿舎の門限が近づいていた。

私は、羽ピンのほっぺたを指先でつかんでぎゅーっと横にひっぱってあげた。

◆

それほど遅い時刻でもないのに、冬の陽《ひ》はあっというまに落ちて薄暗かった。

校舎と寄宿舎をつなぐ一本道を三人で歩きながら、私は蒼香が言っていたことをずっと考えていた。

蒼香はああ言っていたけれど、私のなかに、人格を反転させる見えないスイッチがあるのは確かなことだ。

だって、それが、オンになってしまったことが一度だけあるから。

だから、人のなかには虚実二つの人格がある、という発想は、私のなかに強く根づいていて、容易に捨てられるものじゃない。

兄さんは遠野の血を引いていないから、そんなスイッチとは無関係のはずだけど、彼は彼でさまざまな問題を抱えていたみたいだった。あの人はとてもやさしいのだけれど、ごくまれに、たてつけの悪い扉からすきま風が入りこんだようなひやりとするものを感じさせることがある。

兄さんは私とは違った意味で、情が薄いところがあるのだ。

あの人は執着心がすごく希薄なのだ。いろんなことを、ごくあっさりと、何の苦渋も見せずにあきらめてみせる人。あの人のそういうところ、今でも少し、怖い。

やさしすぎるから冷たいのかもしれない。

誰にでもやさしいから、誰も一番親しくはなれないというタイプだ。

今、彼が私を愛してくれていることが奇跡みたいだ。ひょっとして、今こうしている私は何かのまやかしなんじゃないだろうか。

ほんとうの私は、あの薄暗い遠野邸の離れで人形のように眠っていて、幸せな、醒《さ》めない夢を見ているだけじゃないのだろうか。

でも、それならそれでいい。

――夢なら、醒めないで。

そして私は、また、ため息をつく。明日は、兄さんに会える日。なのにどうして、こんな不吉なことばかり考えるんだろう。明日は、あの人と特別な約束をしているっていうのに、どうして怖いことばかり思ってしまうんだろう……。


「今夜あたり、また大きな騒ぎが起こるな」

私のため息をきっかけに、蒼香が言う。

「そうね。あっちが動かなかったら、こちらが動くし。どのみち今日、明日でこの件にはカタがつくわ。私としても、スケジュール的にそうしないと困るもの」

「あー、二人ともまた何かぶっそうな話してるー。だめだよー。誰かに痛くしたり、痛くされたりするのー」

痛がり女が居心地悪そうに言う。羽ピンは他人の怪我《けが》を見るのもダメなタイプだ。たぶん今も、ほんの一週間くらいの間に切り傷と火傷《やけど》とムチウチを味わった不運な某クラスメイトのことを思い出したりしているのだろう。

「あえてケンカじみた騒ぎにする気はないんだけどな……」

私は言った。

でも経験的に、きっとそんなふうになるってわかっていた。

◆

事態はすぐに動いた。

私が部屋に戻ると、ドアの下に二つ折りにした紙片が挟みこんであった。

——芝居がかってるなあ。

紙片に署名はなかった。ただ〈屋上にてお待ちしております〉とだけ、傾いた神経質そうな字で書いてあった。

私は蒼香と羽ピンに行ってくるわと言い、屋上へ向かった。

◆

「ようするに傀儡《かいらい》政権になれというのね」

なんて、こちらの想像を裏切らないステロタイプな要求だろう、と私は思った。

くだらない。

寄宿舎の屋上。冬場、ここには人はめったに来ない。

廣瀬文香は先に私を待っていた。仕立てのいいコートを体に巻きつけて、遠くに広がる街の明かりを、三文芝居のように気取って眺めていた。

ふん、わざと遅れて来て、この寒空の下しばらく待たせてやればよかった。

「そんな言い方、不本意でしてよ。わたくしはただ、来年になってもどうぞよしなに、と申し上げただけですのに」

廣瀬は赤ん坊をあやすような作り笑いを浮かべていた。

こいつは学園が奨励する時代錯誤な「お嬢さま言葉」を日常会話でまで完璧に使いこなす女だった。私もやろうと思えばできるが、ばかばかしくてその気にもならない。

「それで、廣瀬さん、あなたは引退してからも生徒会に発言力を保持して、いったい、何をしたいの」

「そんなの、いろいろですわ。この場でひとつひとつ挙げることはできません」

「なるほどね」私は鼻で笑う。

「確かに、全生徒の代表のような大きな顔をして廊下を歩きたいだとか、自分の意見を生徒会全体の意見であるかのように錯覚させて集団的抑圧の力を自分の意のままに使いたいだとか、偽善的なルールを振りかざして誰かをいじめてみたいだとか、つまらない生徒会特権をいつまでも行使していたいだとか、そんな恥ずかしいことはひとつひとつ挙げるわけにはいきませんものね」

廣瀬の顔色が変わる。こういう手合いを皮肉ってやるのは、瀬尾をからかうのとはまたちがった格別の楽しみがある。

わかってたことではあるけど、こいつは、小物だ。私の敵としては完全に役者不足。

「わたくしを……侮辱する気でいらっしゃるのでしたら……」

廣瀬は起こしかけた癇癪《かんしゃく》をおしとどめた。自分が握っている切り札——だと彼女が思っているもの——を思い出したんだろう。

「あの写真は学園の皆様の目に余すところなくさらされることになりましてよ」

ほら、こいつはわかってない。こうして俎上《そじょう》に乗ってしまった時点で、私はそんなものの怖くないんだってことが。

「あなたはどうしようもない馬鹿ですね」

「なんですって——いえ、強がりはおよしになったらいかが」

「別にブラフではないんですけど」

「あなたの急所が、あなたの兄上であることはわかっています。あの写真は、おそらく想い報われることのないあなたの、かわいい夢の絵姿なんでしょう?」

——いやな言い方だった。そして、私は、その言葉を聞いたのだ。

「わたくし、拝見しましてよ。かわいらしかったわ……あなたも、あの子もね——」

私は思わず沈黙した。

自分が何に対して腹を立てているのか自分でも理解できなかった。

気づくまでしばらく時間がかかった。

こいつは。

あの人を――。

かわいいと言ったのか。

ぶわり、とコールタールのようなどす黒い血が私のなかで奔流を起こした。

私のにわかの豹変に廣瀬はひッと怯えた。私の脇を通って宿舎へ逃げようとする。

私は素早く動いた。彼女をさえぎり押し返す！　突き飛ばす！　端の手すりに力いっぱい押しつける!!

「――あの人のことをかわいいと思っていいのは――私だけだ!!」

我ながら理不尽な怒りではあった。どういう仕組みでそれが火種になっているのか自分でもわからない。でも理不尽であればあるほど絶対的な感情に変換されていく。

後ろで上げていた髪がほどけ、はらりと流れる。

顔面を私につかまれた廣瀬がうう、となる。

「あなたは間違えたんだ。あのデジカメを手に入れたなら、それは隠しとおして、おくびにも出しちゃ駄目だったのよ」

そう。切り札というものは、使わないでいつまでも持っておくことが一番の使い方なのだ。それが一番、相手にとってプレッシャーになる。……それに。

私が脅迫なんかに屈するわけないじゃない――。

「だというのに、あなたはあんなふうに堂々と脅迫するんだもの。それだけならまだ許してあげられたかもしれないけれど……」

廣瀬は冬の夜気のせいではなく真っ青だった。カタカタという震えが伝わってくる。

彼女は、私に狩られるのと屋上から落ちること以外の未来を必死で探していた。

そんなものは、どこにもない。

「あなたは、私の聖なる領域を、侵した」

許すつもりはなかった。

私は彼女の顔を渾身《こんしん》の力で握りつぶした――。

否、つぶそうとした。

しかし果たせなかった。彼女のこわばった体が急に弛緩《しかん》したからだ。気絶していた。


ふん。

意識のない相手を痛めつけてもどうせ気は晴れない。運がいいわね。

さて、廣瀬が今ここにデジカメを持っていれば話は早いんだけど、さすがにそこまで馬鹿じゃあないだろうなあ……。

と思ったそのとき、屋上入り口の扉がばたんと開いた。

飛びこんで来たのは瀬尾だ。

「大変です遠野先輩！」はあはあと荒い息を整えながら続ける。

「志貴さんファンクラブの子たちが蜂起《ほうき》しました！」

「何ですって⁉」

「自治会の平松会長が廣瀬先輩の部屋に押し入ってカメラを強奪しちゃったんです！　ファンクラブと自治会は反遠野先輩で協定を結ぶつもりです!!」

脳がそれを理解すると同時に、冷えかけていた激情が再び燃えあがり私のなかを真っ白に灼《や》けつかせた。

「私から兄さんを奪おうという輩は殺しても許さないって言ってるでしょうううっ!!」

私は駆け出した。すれちがいざまに見た瀬尾の顔はなぜか蒼白だった。

◆

走る。走る。じっとしていたら、私を流れる黒い液体に溶かされてしまいそうだ。

上履きはとっくにどこかに放り出した。

階段を五段抜きで飛び降りて四階に出る。靴下をわざとすべらせて方向転換する。

自治会長、平松の部屋はこの階のはずだ。

そこへめがけて再び疾走を始める。

が、すぐに止まる。

人の群れが狭い廊下に密集して、私をさえぎっていたからだ。馬鹿げたことに彼女たちは、揃いのピンク色のハチマキを巻き、たすきを掛けていた。さらに馬鹿げたことにそのたすきには、白抜きの字で〈遠野志貴様ＬＯＶＥ〉と書いてあった。全員の顔に見覚えがある。昨日、交友室にいたおかしな後輩たちだ。

「遠野先輩！　お兄さまをひとりじめしないでください！」

「わたしたちも写真ほしいです！」

「遠くから憧れるくらいいいじゃないですか！」

「遠野先輩横暴～！」

「横暴～！」

シュプレヒコールが上がる。

彼女たちの背後に蒼香がついて来ていた。最悪だ、という顔をしていた。

私にうかつなことを言わないよう説得してくれていたんだろう。無駄に終わったけど。

「おい、頼むから命までは取ってくれるなよ。大怪我もさせるな。あとが大変だ」

……わかったわよ。どのみち今はつきあってられないもの。

でも、どす黒い何かが私の冷静さを奪っていた。

私は「髪」を伸ばした。

比喩《ひゆ》じゃない。でも他人にはそれは見えない。私の髪には特別な力が宿っている。

「髪」を天井の吊《つ》り照明にからませる。

ダン！　壁が鳴る音。

私は髪を振り子に使って、右側の壁に力いっぱい駆け上がった！

勢いのまま天井を逆さに走る！

——その刹那《せつな》、私は重力の戒めから自由。

軌跡が描く三次元の螺旋《らせん》。

遠心力の命じるままに左の壁から駆け下りる——。

廊下に着地する乾いた音。下りた場所は後輩たちの背後。蒼香の隣。

その、シャトルループ・コースターじみた動き。目の前で見た蒼香が言葉をなくしていた。そこにいる誰もがあっけにとられていた。

彼女たちを置いて、私は再び渾身の勢いで駆け出した。

一拍遅れて蒼香が我に返るのを背中で感じた。彼女が身を呈して後輩たちを足止めしてくれている物音が背後で遠くなっていった。


私は走った。走った走った走った走った。板張りの廊下を踏み抜く勢いで走った。

写真写真写真。兄さんの写真!

私の兄さんの写真!

寄宿舎内は大騒ぎだ。

騒ぎを聞きつけて廊下に出て来た野次馬どもを何人も弾《はじ》き飛ばす。

寄宿舎は真ん中でくの字に曲がった作りになっている。左手をコーナーの壁の端にひっかけて遠心力で無理やり曲がる。

そこから先は向こうまで見渡せる一本道。

野次馬の人ごみのさらに向こうに自治会三年の平松がいた。手のひら大の銀色のカメラを手にしていた。

あれだ！

私は矢となった。野次馬が危険を感じて『十戒』のように真ん中に道を割る。

平松は私の剣幕におののいて、背中を見せて逃げた。

彼女は廊下のどんづまりまで逃げ、その横の階段に向かおうとしたが――もう遅い。

力いっぱい前方に跳躍。

タックルをかける。そして組み伏せた状態で着地。

――デジカメが宙に舞った。

ぶつかったはずみで彼女が手放したのだ。

そこにちょうど、階段からぱたぱたと誰かが上がってきた。

「およ」

まぬけな声を上げてデジカメをキャッチする。反射的に受けとめた感じだった。

羽ピンだった。よせばいいのに野次馬に来たのだ。

「そいつを誰にも渡すな！」私の叫びはしかし、別の叫びにかき消された。

「そいつを渡せ――っ！」

背後の階段からピンクの布を巻いた中等部が二人、羽ピンに飛びかかろうとしていた。

別働隊か！

さらに蒼香が押さえていた十人ばかりの後輩も私に追いついて来た。蒼香ご自慢のマーシャルアーツもさすがに数には勝てなかったようだ。

「うわ、うわあわあ」

さすがの羽ピンも慌てた。

右から左から彼女に殺到する大勢の後輩たち！

私も一拍遅れて羽ピンに突進する！

今この一瞬、浅上女学院寄宿舎すべての視線が羽ピンひとりに集まっていた。

「それを！」

「こっち――っ！」

「渡すな！」

「よこせ――――っ！」

羽ピンに逃げ場はない。廊下は突き当たりで、ただ窓があるだけだ。ここは四階だ。だが彼女は本能的にあとずさった。そして突き当たりにぶつかって、窓のへりで腰を打った。「あいたっ」

そのはずみで、羽ピンの手からデジカメがすべり落ちた。

すべり落ちたのは窓の向こうだった。

「あっ」

「あっ」

「ああっ」

誰もがそんな声を上げた。誰もが絶望的にあきらめた。それでも動きをやめないのは私だけだった。

走り出した勢いのまま、私は窓の外に身を躍らせた——。


窓の内側に、息を飲む音や軽い悲鳴を聞いた。たぶんみんな硬直しているのだろう。

そんな様子を、私は庭から見上げて悟った。

もちろん、たかが四階から飛び降りたくらいで怪我するやわな私じゃない。

全身のばねを使って衝撃を殺せばなんてこともない。筋肉痛すら起こさないだろう。

それに……この建物から落っこちるのはわりと慣れてるし。

さて。私は窓の光をたよりに銀色の物体を探した。

あった。

拾い上げてみると、本体に深刻な亀裂が入っていた。ちょうど、大きめの石ころの上に落ちたみたいだった。パワー・スイッチを押してみたけど、電源は入らなかった。

蒼香と羽ピンと、その他の野次馬が、おそるおそる窓から身を乗り出して、こちらの様子をうかがっていた。

「——壊れちゃったわ！」私はよく聞こえるように言った。

「おまえさんが壊れてないことに、あたしはビックリだ」蒼香がひきつった顔で言った。

「ああもう！　ひどい騒ぎだったわ！」

不満を吐き出すように言った。翌日の夕方。私は蒼香と羽ピンと一緒に下校しているところだった。

あのあとも大変だったのだ。私が飛び降りたことが寮監に伝わって、有無を言わさず医務室のベッドに寝かされてしまった。

今朝は今朝で、精密検査にかけるとか言われて病院に連行されてしまった。かすり傷ひとつないのだからもちろん放免されたけど、授業はほとんど受けられなかった。

まあ、遠野の家によけいな連絡が行ったりして、あの人を心配させずにすんだのは不幸中の幸いだったかな。

「おまえな、ひどい騒ぎだったのはこっちのほうだぞ」

蒼香が恨みがましく言う。

「人前で堂々とあんな芸当見せやがって。おかげで気の弱いやつらがショックで情緒不安定になって、あたしや羽居はフォローで一晩大変だった」

「む、申し訳ない」

謝るしかなかった。

◆

昨日の一件で、これまでいまいち理解されていなかった「遠野先輩」の恐ろしさは、中等部にまでしっかりと浸透してしまった。

「秋葉ちゃんはすごいよねー。今朝も中等部の子が直立不動で最敬礼してたよー。わたしはお友達として鼻が高いぞ、うんうん」

人差し指を立てて嬉しそうに羽ピンが言う。それはすごくないぞ。鼻も高くないぞ。

「例の天井走りのときな、光の加減で、遠野の髪が赤く染まって見えたらしいんだ」蒼香もおもしろがって噂話を開陳する。

「それでついた新たなあだ名が〈紅の魔女〉」

「うわーかっこいい〜」

「……やな名前だなあ、それ」

一瞬だけのつもりだったけど、あれを見られちゃったか。

私の髪は、力を使うと赤く染まる。

「まあ、相互理解が進んでよかったじゃないか」

「ぜんぶ誤解じゃないのよ〜っ！」

……げんなりだ。

でも、まあ。そういったこまごまとしたことを除けば、理想的な結末かもしれない。

あの写真データは壊れてしまった。もう誰の手に渡る心配もない。

壊れたデジカメは、借り主の廣瀬が弁償することになった。彼女は大会社の会長の孫娘だから痛くも痒くもないだろうけど、いい気味だ。

……うーん。我ながら、ちょっと性格悪いかな。

昨日、蒼香は、私のなかにやさしさや温かさは本当にある、と言った。

でも今回の事件は、私の本性の悪さをただ露呈しただけのような気がする。

思わず苦笑してしまう。

私は何となく、蒼香に訊いてみる。

「ねえ蒼香」

「うん？」

「私は誰かにやさしくするとき、あの人のやさしさの真似をしているつもりなの」

「うん」

「だとすると、私のことをやさしいという人は、私のなかにあの人を見ているのかな」

「そして、おまえの兄貴をやさしそうだと言った後輩たちは、おまえ自身のやさしさを見ていたんだな」

息を飲んだ。この女は。いつも私の世界をひっくり返そうとする。

「遠野、おまえはいい女だなあ」

「いきなり何言うのよ——」

「ひとついいことを指摘しといてやるよ」

蒼香がいつものにやり笑いをする。

「愛する人の写真を他人に持ってもらいたくないという女の——どこがかわいくないというんだ？」


「そうだよねー」

羽ピンがうんうんとうなずいて同調する。私は何も言えない。

と、不意に羽ピンが私の袖をひっぱった。

「ねえ、ごめんね秋葉ちゃん」

「何？　また私に何か悪いことしたの？」

冗談まじりに訊《たず》ねる。

「ちがうよー。あのデジカメ落としちゃったことだよー。もっとちゃんと持ってればよかったね」羽ピンはがらにもなくしゅんとしていた。

「どうして？　あれはあんたのせいじゃないし、私が叱られたわけでもないわよ。データは誰にも渡らなかったんだし、謝る必要なんてないでしょ」

「それー。データー」

「うん？」

「秋葉ちゃんー、ほんとはお兄さんの写真、欲しかったんだよね？」

「——」

鋭いな、羽ピン。

本音を言えば、そうだった。

私は兄さんの写真を一枚も持っていない。昔の写真は、ある事情でお父さまがみんな焼いてしまった。現在《いま》の写真は、撮る機会がなかった。

だから無事回収できたら、一枚だけプリントして持っていようかな、なんて、ちらっとだけ思っていた。

でも。

「いいのよ。これから写真を撮る機会なんていくらでもあるんだもの」

別に強がりじゃない。今は晴れ晴れとした気持ちだった。

うーんと伸びをする。グラウンドの向こうに、目の醒めるような青空が広がっていた。

私のなかの兄さんのイメージは、この空のように澄んだ青色。

そうだ。この空のように、未来は私と兄さんの前に無限に広がっている。

これからいくらでも思い出を作れるし、写真なんていくらでも撮れる。

なんだったら、今日、これから撮ったっていい。

今日は金曜日だ。私が屋敷に戻る日。兄さんに会える日。

そして、今日はそれだけではない特別な日だった。実は……この週末を利用して、二人で泊りがけで遊びに行こう、なんて約束まで、していたりする。

兄さんと旅行するのは初めてだ。あの人は和風びいきだから行く先は温泉。あまり人の多くない、ひなびた秘湯。二人っきりで行く。

なかなかいいシチュエーションじゃない？

うん、すごく、恥ずかしい言い方をあえてすると——愛の逃避行みたいだ。


私たちは校門のところまでやって来た。

いつもの金曜日と同じく、見なれた黒塗りの自家用車が待っていた。私を迎えに来た遠野家の車だ。いつも通りだ。時間通りだ。

その脇に、車にもたれるようにして、見なれた人の姿があった。

——そこだけは……いつも通りではなかった。

その人のシルエットを見ただけで、私の心臓は早鐘を打った。

私はこの早鐘と、一生つきあっていくことになるのだと思う。

慣れることとなんてありえない。

その人の姿を、私が見まちがえるはずがなかった。

まちがえようがなかった。

「なんだか待ちきれないんで迎えに来ちゃったよ」

あの人が、照れくさそうに笑って言った。

蒼香が絶句しているのがわかった。羽ピンがあーとまぬけな声を上げた。

周囲の生徒が兄さんに気づき始めた。にわかに、あちこちで、脳天をつらぬくような黄色い声の絶叫が起こった。
あれってひょっとして？
遠野先輩のお兄さまだ！
えっ、昨日の騒ぎの？
きゃー！　本物だー！
有象無象《うぞうむぞう》が一人また一人と駆け出していく。
あの人へ向けて大勢が駆けていく。
私は何も考えられなくなった。
真っ白だ。
何で？
どうしてこうなるの？
どうしてよりによって、今日というタイミングでここに来てしまうの？

――どうして来ちゃうのよ。

私のなかでそれだけがひたすらぐるぐると回転し続ける。
全身が弛緩《しかん》する。顔の筋肉が、どんな顔を作ればいいのかとまどっている。身体じゅうがわなわなとふるえる。自分が鞄を取り落とす音が聞こえる。あちこちから黄色い声が聞こえる。あの人がセーラー服の群れに取り囲まれる音が聞こえる。

空の青。

私の目に見えるのはただそれだけ。他には何も見えない。

私は。

蒼天《そうてん》に。

兄さんのばかあああああああああああっ!!　という声が響くのを、他人事のように聞いた。

月姫

Blue Blue Glass Moon,
Under The Crimson Air.

第二話

路地裏の落陽

text
枯野 瑛

illustration:Azuki Koriyama

わたしは、何をしてるんだろう——


そんな疑問が、うっすらと意識の水面を撫でた。

自分が何をしているのか。とても簡単なはずの設問。けれど、その答えがわからない。

だから、問題を変えた。


わたしは、何をしようとしてたんだろう——


わからない。

ほんの数秒前までの記憶のすべてが、意識の奥深く、暗くて寒いところに沈殿してしまっている。引っ張り出そうにも、手が届かない。

ぴしゃり。ちょっとだけ粘りのある水音。

乾ききった生臭さとでもいうのか、埃《ほこり》と土とゴミとの匂いを混ぜ合わせたような、そんな刺激が鼻をつつく。

ここは、どこだろう。

なんでわたしは、こんなところにいるんだろう。

次々と浮かび上がる疑問《ワカラナイコト》。

そしてどんなに自分の中を引《ひ》っ掻《か》き回しても、答えは見つからない。

だから、何もわからない。


寒い。


そうだ。体中が冷え切っている。体の中から、熱という熱がすべて流れ出してしまっている。心臓のところにぽっかりと穴が開いて、ドライアイスの塊を放り込まれてしまったみたいに。

寒くて、痛い。

そうだ。体中が痛い。鼓動するみたいに、じくん、じくんって、周期を作って体中の神経が責め立てられている。

寒くて。痛くて。何も考えられない。

……あぁ、そうか。最初の問題に対する答えだけが、うっすらと見えてきた。

こんなに辛《つら》いんだから。死んじゃうくらいに苦しいんだから。だからきっと、自分は死のうとしているんだ。

痛みはどんどん強くなる。加速しながら、わたしの中《ココロ》を荒らし回る。
意識が、真っ赤に染め上げられていく。

「……、けて──」

その声《オト》が何なのか、すぐにはわからなかった。
しばらくしてから、それが自分の唇から漏れたものだということに気がついた。
なんだろう。
わたしは何を言っているんだろう？
わたしは、何を欲しがっているんだろう？
あぁ、まただ。
また問いかけだ。答えなんて出るはずがないのに。悲しくなるだけなのに。
何も考えないほうが、きっと楽に消えていけるのに。

「たす……、けて──」

もう、やめようよ。そう、自分に声をかける。
何かを考えるのは苦しいよ。苦しくて、悲しいよ。だからこのまま、何もかも忘れたままのわたしとして、消えていこうよ。

そっちのほうが、きっと、ほんの少しだけ楽だよ。

だから、ねぇ……


「たすけて――」

わたしがどんなに理屈を説いても、わたしの唇はつぶやきをやめようとしなかった。

◆

雨は、なかなか降り止まない。

空を見上げても、見えるものはどんよりとした灰色の雲だけ。憂鬱《ゆううつ》な気分になって弓《ゆみ》塚《づか》さつきは視線を下ろした。

思い出すのは、今朝出掛けにテレビが主張していたこと。

『四月十六日の気象情報です。天気は全国的に晴れ、春の訪れを実感できる暖かい一日になるでしょう。ところにより降水確率は十パーセント』

十パーセントという数字がなかなかに微妙だ。無視してしまえるほど小さい数字ではないが、わざわざ傘を持って行こうという気になるほど大きな数字でもない。だから朝のばたばたした時間に圧《お》されるようにして、さつきは深く悩まずに傘を持たずに家を出た。

今にして思えば、これが失敗のもと。雨は彼女の判断ミスを嘲笑《あざわら》うように、ざあざあと容赦なく降り注いでいる。

「待ってれば止んでくれる、かな……」

昇降口のひさしの下で、さつきは小さく呟《つぶや》いた。

あまりに大きな雨音にまぎれて、その声は自分自身にすらまともに届かない。

「濡《ぬ》れて帰るの、やだな……」

時計の針が示す時刻は、下校時刻を一時間ばかり過ぎている。昇降口には他には誰もいない。照明の落ちた灰色の校舎が包み込むこの空間は、どこまでも冷たい。

……ついさっきまでは、雨なんて降ってなかったのだ。降り始めたのはたったいま……さつきが教室を出た瞬間に空模様が崩れた。屋根を叩く雨音のスタッカートが何度か聞こえたと思うと、次の瞬間には本降りの轟音《ごうおん》が校舎を包み込んでいた。

不幸は、さつきが今日の日直当番であるところから始まった。そのせいで彼女だけが下校前に担任教師に捕まり雑用を押し付けられて、それで学校に足止めをされている間に空模様が崩れた。

「あーあ……ついてないな」

傘を持ってきていれば。あるいは、今日自分が日直でさえなければ。そんな、過去に

「もしも」を押し付ける方向でしか思考が働かない。

視線を足元まで落とした。乾いたコンクリートの灰色が見える。そしてほんの数歩分だけ先を見る。濡れたコンクリートの黒色が見える。

ほんの数歩。それだけ前に進めば、雨の中だ。これだけの雨足だ、数秒もたたないうちに全身がびしょぬれになってしまうだろう。

いっそのこと、びしょぬれになるのを覚悟して、走って帰ろうか。そんな考えが一瞬だけ脳裏をかすめ、すぐにあきらめた。四月に入り大分気温が上がってきたとはいっても、雨はまだまだ冷たい。冷たいのは嫌。だからさっきは動かない。屋根のあるこの場所に留《とど》まっている。

校舎の中を振り返る。そこにあるのは無人の下駄箱と、中に何も入っていない傘立て。その向こうには消灯された廊下。廃墟のように空っぽ尽くしの光景だった。

小さなため息が、こぼれた。

――なんだか、疲れちゃったな。

独りでこんなところに立っていても、ろくな考えが浮かばない。さっきの中に、鈍い灰色をした思考が生まれた。

〝疲れちゃったな〟

独りになると、どうしてもこの言葉が頭に浮かぶ。

笑うことに。話すことに。人と触れ合うことに。学校に来ることに。そして、自分自身であることに。彼女は疲れていた。

生来、弓塚さつきという人間は器用にできていたらしい。彼女は小さいころから、人の顔色をうかがうことに長《た》けていた。怒らせないように、嫌われないようにと相手の喜ぶ行動だけを選んで生きることができた。さつきにとっては、それが当たり前の生き方だった。

生きるための武器として笑うことができた。それを見た者が穏やかな気分になるように。自分に対してネガティブな感情を抱かないように。そんな意図のある笑顔を、自然に浮かべることができた。

それを続けてきた結果として、いつしかその仮面は彼女の一部となってしまった。

——つまりわたしは、臆病なんだ。臆病だから、世界《まわり》が怖くて、怖いからいつだって心を武装して生きている。

そんなふうに考える。

「なんだかなぁ」

考えれば考えるほど、自分が嫌なやつに思えてしかたがなくなる。

ぶんぶん、と軽く首を振って思索を打ち切った。場所が悪い。雨の昇降口なんてロケーションでは、考えることが陰鬱な方向に転がっていくのは当たり前だ。

思索を打ち切って、そして……やることを失ったさつきの目は、再び空の雲へと向いた。こころもち、先ほどよりも濃い灰色に染まっている。少なくとも、多少待ったところで晴れてくれるようには見えなかった。

「うわ、こりゃ豪快だ」

不意に男の子の声が聞こえて、さつきは横を見た。

いつの間に来たのだろう。すぐ隣に、一人の男子生徒が立っていた。

「景気よく降ってるなぁ」

背は平均よりもちょっと低めだろうか。度の薄いメガネの向こうに、くりっとしたやや大きめの瞳。特に目立つ風貌ではなかったけれど、さつきには見覚えがあった。名前は思い出せないけれど、確かクラスメイトだったように思う。

なんとなく気まずくて、彼から目を逸《そ》らした。そのまま真正面、雨の校庭を見据える。

男子生徒は、さつきと同じく、しばしの雨宿りを決め込んだらしい。二人とも何も言わず、昇降口に並んで立ち尽くす。

ちらり、と横目で隣を見る。『いやぁまいった』と大文字で書かれた顔が空を見上げていた。なんとなく、雨の日の散歩を嫌がって尻尾《しっぽ》を丸めている子犬を連想した。思わず笑ってしまいそうになった。

ふと、彼が何を見ているのかが気になった。再びちらりと横目で隣を見る。彼の目はまっすぐ、斜め上の空の上に向けられていた。

瞳だけを動かして、その視線を追う。

（……月……？）

そう、それは満月だった。

これだけの雨が降っているというのに、はっきりと見えた。鈍色《にびいろ》の空をスクリーンに、ぼんやりと浮かび上がる白い満月。

思わず、見入ってしまう。

静かだな、と、そう思った。いつの間にか、雨の音が遠く聞こえる。雨は変わらずに降り続けているはずなのに、どんどんその音が小さくなっていく。そして、消える。

モノトーンに染め上げられた無音の世界。背景には無人の校舎。着彩されているのはさつきと、隣に立つ少年と、あの白い月だけ。そして音を匂わせるものはといえば、さつきのこの心臓の鼓動くらいだろうか。

まるで、夢の中。

まるで、別世界。

「……あぁ、もう。しょうがないな」

不意に彼がそんなことを言って、無音の世界を突き崩した。耳元に雨音が蘇《よみがえ》る。

さつきはあわてて、視線を足元の地面に引き戻した。別に同じ月を見ていたからといって隠すことはない。そうわかってはいたけれど、気恥ずかしかった。

そして彼は動いた。舌打ちのような言葉を漏らして、鞄を頭の上にかざす。ばしゃ、という水音。昇降口前の水たまりに彼の革靴が飛び込んだ音だった。

あぁ、行っちゃうんだ。また、ここで独りきりになるんだ。

ぼんやりとそんなことを考えたそのとき。

彼は振り返って、さつきに向かって、言った。

「　　　　　　　　　　　　」

「……え？」

一瞬、何を言われたのかが理解できなくて、頭の中が真っ白になった。

その間に、彼は雨の中を走り去ってしまった。彼の背中が消えていったほうをぼんやりと眺めながら、ゆっくりと彼の言葉を思い返す。

それは、まったく特別なところのない、ごく普通のコトバだった。

聞き流してしまえばそれっきりの、会話の流れの中ですぐに忘れ去ってしまいそうな、そんなちっぽけなコトバだった。

なのに。なぜだろうか。

それはどうしても気になって仕方がない言葉だった。

なぜか柔らかくて、温かくて、優しくて。そんな言葉だった。

かぁっと、顔が赤くなったのがわかった。

「な、なんで……」

まばたきをしてはっきりとした意識を引き戻すと、彼が走り去った校門のほうをもう一度眺める。

こころなしか、雨の勢いが、弱くなってきているような気がした。

「……うん」

小さく自分にうなずいてみせると、鞄を頭の上に掲げて、そして。

弓塚さつきは、走り出した。

◆

ひときわ大きな痛みの波が襲ってきて、わたしは追想から現実に引き戻された。

今のは何だろう。

決まってる。記憶だ。わたしの記憶。わたしの過去。

あ、そっか。死ぬ前に走馬灯みたいにいろんなことを思い出す、っていう話。それが、これなんだ。自分でそういうことにならないと、どうもピンとこない。

でも、うれしいな。

ただ痛みだけしかないよりも、ずっとずっと幸せな気分。

ああ、そういえば。

あのとき、彼がわたしにかけてくれた言葉。

わたしを生まれ変わらせてくれた、たったひとことのその言葉。

それが、どんなものだったか――なぜだろう、思い出せない。

きっとそれは、今のわたしにとっても、とても優しい言葉。

わたしがどんな苦しみの中にいても、うそみたいにそこから救い出してくれる魔法の呪文。

やだな。ほんとに思い出せない。

助けてほしいのに。今すぐもう一度あの声が聞きたいくらいなのに。


もう一度、大きな痛覚の波が押し寄せてきた。

私の内側をこれでもかっていうくらい攪拌《かくはん》する。

まるで、気を緩めかけたわたしを威嚇するように。


わたしは必死になって、思い出のカケラにすがりついた。

幸せな幻像《ユメ》の中に逃げないと、壊れてしまいそうだった。

いや、もうとっくに、何もかもが壊れてしまっているのかもしれないけれど。それでも、とにかくこの現実から離れたかった。

◆

出席番号二十一番、遠野志貴《とおのしき》。教室での座席は窓際の前から三列目、さつきの席からは三つほど斜め前にあたる。人当たりは良いようだが、教室では友人は少ない。特に部活動には参加してはいない帰宅組。徒歩通学。持病として時折貧血を起こす。

印象的な笑顔を浮かべる男の子。なにか特徴がある表情というわけではないのだけれど、彼が笑っている姿は見ていてほっとする。人付き合いはよさそうなのに、友人といえる友人は小学校時代からの付き合いの乾有彦《いぬいありひこ》一人だけのようだ。

昇降口の彼は、そんな人間だった。

別に、とりたてて特別なキャラクターの持ち主ではなかった。クラスの中でもどちらかといえば目立たないほう。女の子同士の会話の中で話題になることもあまりない。特になにかきっかけでもなければ、お互いにただのクラスメイトでしかなかっただろう。

けれど、弓塚さつきは、そのきっかけを迎えてしまった。だからもう、少なくとも彼女にとっては、遠野志貴はただのクラスの男の子ではない。

「…………」

たとえば授業中に、ふとしたことで目を向けてしまう。

後ろ姿を見て、どんなことを考えているんだろうかと想像する。普段どんなことを考えていたら、あんな不思議な言葉を人にかけられるんだろうと。それも本当に何気なく、たぶん彼自身はまったくそんな自覚のないままでなんて。

　たとえば昼食の時間に、なんとなく耳をそばだててしまう。

　乾有彦と二人で交わす何気ない会話。その中に、彼という人間を知るための手がかりがあるような気がした。聞こえてきたのはおいしいラーメンの店の場所や昨日のバラエティ番組の内容などで、とくにトクベツなことを話しているわけではなかったけれど。


「……ズバリ、それは恋ね」

　核心をえぐりぬくような声に、さつきは弾かれるように我に返った。

　ここは教室。いまは昼食の時間。いくつかの机を寄せて作られた即席のテーブルの上に四つほどの弁当箱が並んでいる。

「そ、そうかな？」

　答えたのは、さつきの隣に座った友人。

「そうかなも何も、見てればバレバレだよあんたの場合。っかー、さすが食欲と馬肥ゆる秋、立派に色づいちゃったねぇコノコノ」

「こ、恋、なの、かな？」

「ああもう、いちいち恥らうな中学二年生！　いまどき小学生でももうちっと度胸あるぞ！」

目の前の友人同士の間で、そんな会話が交わされている。どうやら最初の鋭い指摘は、さつきに向けられたものではなかったらしい。

……内心、胸をなでおろす。

「いい、そうとわかったからには、これから全力であんたをサポートしてくから覚悟するようにね。まずはその幸せな相手が誰なのか白状しなさい」

「い、いいよ、いらないよ」

「あんたに自由意志はないの。うりゃ吐け吐け、あたしらに楽しみを供給しろ」

なにやら二人で楽しそうにつつき合っている。

「……さつき？」

「ん？」

目の前の二人とは別の友人に声をかけられ、箸を運ぶ手を一度中断する。

「なんかぼーっとしてるけど、悩み事？」

内心ぎくりとした。けれどそんなものはおくびにも出さない。そんなのじゃないよ、と少し照れを交えた表情で答える。

「昨日少し夜更かししちゃったから、寝不足なのかも」

「そっか」

素直に納得してくれた。

「ああもう、しぶといなぁ。いい加減に認めちゃいなさい。

授業中に気になってちらちら横目で見てしまう。声をかけたいけどできない。どんな人なのか、何を考えてるのか知りたい。それって恋する乙女の三カ条全制覇じゃないの！」

目の前では、相変わらずの猛然とした喋りが続いている。

「好きな人がいるのかとか気になるんでしょ？」

「う……」

「隠し撮り写真とかこっそり入手できないかなぁとか思ってるでしょ？」

「うう……」

「一服盛ってお持ち帰りとかしたいと思ってるでしょ？」

「……ううう……」

「あはは」

なんだか妙な方向に転がっていく会話。さつきは傍観者その一として気楽に笑う。

「でもホントに好きな人がいるなら、応援するよ？」

友人として、優しそうな言葉をかけた。けれどその実、内心ではばくばくとうるさい心臓を宥《なだ》めるのに必死だった。

『――ズバリ、それは恋ね――』

『――授業中に気になってちらちら横目で見てしまう。声をかけたいけどできない。どんな人なのか、何を考えてるのか知りたい。それって恋する乙女の三カ条全制覇じゃないの！　――』

ああ、なんてことだろう。

恐るべきは恋に恋する年頃の中学二年生。なんて簡単に、なんて単純に、このややこしい感情に名前をつけてしまうんだろう。

――弓塚さつきは、遠野志貴に、恋をしています――

なんだか大げさな上に改まっていてこそばゆい。けれどそこはそれ、さつきもまた恋に恋する中学二年生の女の子であることに変わりはない。

「さつき？」

「ん」

また声をかけられて、ふるふると頭を振る。

「本格的に寝不足みたいだけど、大丈夫？　次の授業、鬼山の数学だけど」

「あ、そうだね。ちょっとつらいかなぁ」

まぶたを軽くこすって偽装する。

「ちょっと食堂行ってコーヒー買ってくるね」

「ああ、そうしときなさい」

席を立った。

そのとき、教室が大きくざわめいた。

「お、おい、どうした遠野？」

一人の男子生徒が悲鳴じみた声をあげる。

「おい、遠野！」

「やべえ、例の貧血だ……」

「乾はどこだ！　あと保健委員は！」

遠野志貴が、机の角によりかかるような形で座り込んでいた。姿勢を崩したときに落としてしまったのだろう、あの飾り気のない眼鏡を震える手で拾い上げていた。

運の悪いことに校内で誰よりも遠野志貴に詳しい乾有彦は（自主）欠席していて、こういった時に第一に責任を押し付けられる立場であるところの保健委員は食堂にでも行ったたか教室の中にその姿がなかった。

「……っ」

黒板を一瞥《いちべつ》する。日直の名前として「弓塚さつき」と書かれている。つまり、さつきには、ここで彼に駆け寄る理由がある。

一瞬だけ躊躇《ちゅうちょ》してから、勇気を出して自分の背中を押した。

（自分で立てる？）

（保健室に行こう）

頭の中で言葉を組み立てながら、一歩だけ踏み出しかけた。

その動きが、止まった。

同じ部屋の中、距離にしてもせいぜい数メートル。そこから見えるのは、遠野志貴の背中。

ぞくん、と何かが背中を這《は》い上がる。

何だろう。何が起こったんだろう。

体が動かない。言うことを聞かない。彼に近づくことを、拒んでいる。

『なんで――』

わからない。理解できない。目の前にいるのは、間違いなく、いつもの遠野志貴なのに。ただの人のいい少年なのに。自分は何を怖がっているのか。


――その日の授業が終わり、さつきは保健室の扉の前に立っていた。

腕の中には今日の日誌。中身は書き終わって、あとは職員室に提出するだけだ。

「…………」

深呼吸をひとつ。

昼休みにクラスの男子の手で保健室に連れていかれた後、彼は午後の授業には戻ってこなかった。だからきっと、まだ保健室で休んでいるはずだ。ならば日直として、その様子を見に来るのは全くおかしいことじゃない。

「よし」

自分でも似合わないと思うほど緊張していた。息が落ち着いてから、扉をノックしようと手を持ち上げる。

「やっぱ居心地悪いか、有間の家は」

「別に、そんなんじゃないよ」

不意にそんな会話が聞こえてきて、そのまま動きが止まる。

それが誰の声であるのかは、扉越しにでもすぐにわかった。とても聞き覚えのある声だ。問いかけたのは乾有彦。答えたのは遠野志貴。

「でもまぁ、確かに、帰り辛いっていうのはあるかな」

「それを居心地悪いって言うんだ」

「ああ、それはそうだ。たまには鋭いなオマエ」

話している内容はよくわからなかったけれど雰囲気だけは伝わってきた。それはとても穏やかで、静謐《せいひつ》な空気。彼ら二人だけの間でしか共有できない何か。自分がこの扉を開けばその瞬間に砕け散ってしまう、儚《はかな》く脆《もろ》い世界。

「もう結構長い間家族やってるんだろ？　なんでそこまで馴染《なじ》まないかね」

「ああ、それは自分でも不思議だ」

「嘘つけ」

「……なんでそう思う？」

「お前なら、こういう時には嘘をつく」

ほんのわずかな時間、二人は沈黙した。

「まぁいいや。オレ様は帰る。一人で大丈夫だな？」

「ああ。……有難う、有彦」

「おうよ」

部屋の中の気配が動く。足音が扉に近づいてくる。

そしてそのことが示す意味にさつきが気づいた瞬間、扉は勢いよく開かれた。

保健室の中から、夕焼けのオレンジ色があふれ出した。

「お？」

「……あっ」

そしてその光を背負った、やはりオレンジ色の頭をした少年と目が合った。

「あ、ええと」

「おう、悪ィ」

入室の邪魔になったと思ったか、乾有彦はあっさりと場所を譲る。

「あ、その……今日の日直、なんだけど」

もごもごと声をひねり出す。自分でも驚くくらい、言葉が出てこなかった。

「昼休みから結局帰ってこなかったから……その……」

ああ、と乾有彦は軽くうなずいて、視線を保健室の奥、並んだ仮眠用ベッドのうちひとつへと送る。

「遠野。お客人」

「うん」

夕焼け色のシーツの上、上半身だけを起こした遠野志貴がそこにいる。

さつきは、自分の中でバラバラになってしまった言葉をなんとかかき集めて、文章らしいものを作り上げる。

「遠野君、具合、大丈夫……？」

「ああ、もう大丈夫。ごめん、心配かけて」

自然に、それこそいつ表情が動いたのかもわからないくらい自然に、笑顔を浮かべた。

それはずるいくらいに人なつっこくて、さつきの中の何かが改めて揺れた。

暖かな空気。思わずまどろんでしまいそうになる、優しい雰囲気。

けれどさつきの心には、小さなトゲが刺さっていた。ここは、さっきまでの保健室とは違う。遠野志貴と乾有彦の二人だけが居たあの世界は、予想通り、この〝日直のクラスメイト〟という三人目を受け入れなかった。

「大丈夫ならいいんだ、ええと、その」

目を合わせているのに耐えられなくて、目を逸らす。

「お大事にね」

「うん、ありがとう」

その言葉を聞くなり、さつきは身を翻し、廊下を歩き出す。

頭の中がごちゃごちゃしていて、まとまらない。色々な感情が渦を巻いていて、どれひとつとしてカタチにならなかった。

三学期に入ってすぐの、一月上旬。硬質の色をした真冬の空の下。バドミントン部は、校庭の一角を使って、いつもの練習を行っていた。気温はかなり低い。みんな体操服の上にジャージを着込んでいたけれど、「さむいー」「さむいー」の声はとどまるところを知らなかった。

練習の手を休めて、さつきは校舎のほうを見た。教室の窓には誰の姿もない。それは当たり前のことだったがほんの少しだけ落胆して、さつきは視線を引き戻す。

「弓塚せんぱ～い」

元気な後輩の声。

「もう練習終わりですよー、片付けて帰りましょー」

「あ、うん」

ネットの取り外しにかかっている部員たちの手助けに入る。

「お疲れさま。今日は特別に冷えるね」

「まったくです。天気予報、夕方から雪が降るかもっていってましたし」

「ほんと？　寒いわけだなぁ」

ジャージの上から自分の体を抱くジェスチャー。ぶるっと一回、勝手に体が震えた。

後輩たちは小さく笑って、

「早く暖房の効いた部屋に戻りたいですよ」

口々にそんなことを言った。

「そういえば弓塚先輩、うちのクラスの金谷って知ってます?」

「ええと……たしか野球部の?」

「そうそう。あいつ、先輩のこと狙ってるらしいですよ」

「うそ、それマジ?」

さつきが反応するより先に、別の一年生が割り込んできた。

「うわー、信じらんない。十年早いよ」

「十年じゃ足りないって。三十年くらいかな」

「もう。二人とも、何言ってるの」

照れ笑いを浮かべながら二人を止めようとするも……

「だってそうじゃないですか。弓塚先輩って大人っぽいし、彼氏はぜったいに高校生以上じゃないと釣り合わないです」

「うんうん」

止めようとするも、果たせない。

「大人っぽい、かな?」

「はい、めいっぱい。いつも落ち着いて笑ってて、なんだか、何があっても動じないっていうか、先輩がいれば大丈夫って感じがするっていうか」

「あ、それわかる。先輩ってそんな感じだよね」

きゃいきゃいとうれしそうに騒ぐ一年生たち。

さつきは苦笑を浮かべて、内心の焦りを押し殺した。

いつも笑っているというのは、ただ単に、笑顔を装っているからだ。笑顔は誰をも傷つけないし、そうすれば誰にも嫌われずに済むから。さつきにとってはそれだけのことだった。けれどそれを彼女たちから見れば、そういう解釈になるらしい。

「ほら、手が留守になってるよ。早く片付けて帰るんでしょ？」

「はーい」

全員、手がすっかりかじかんでいて、作業はなかなか上手くいかなかった。それでも悪戦苦闘の末、ネットやら支柱やらをみんなで抱えて、体育館裏へと急ぐ。

塀と体育館とに挟まれて、陽が射《さ》すことのなくなっている一角。そこに、築何年になるのかもわからないほどにぼろぼろの体育倉庫がある。

「他の運動部、もうみんな帰っちゃったのかしら？」

ぐるりと首を回して、バドミントン部主将が呆《あき》れた声で言った。

「寒いからお休みにしたんですよ、きっと」

「そうみたいね。まぁ気持ちはわからないでもないけど」

「そういうのは、今日の部活を始める前にわかってほしかったです……」

「何いってるの。それはそれ、これはこれ。先に理解したところで、休みにはしなかったわよ？」

「ひー、主将がオニだー」

楽しそうに笑い合いながら、みんなで器具を倉庫に運び込む。

それは、ほとんど毎週繰り返されてきた同じ光景。だから誰も、何ひとつ心配なんてしていなかった。

寒い寒いと震えながら更衣室に行って、年季もののダルマストーブに火を入れて、「帰りにどこに寄っていこうか」なんておしゃべりをしながら着替えて……自分たちは、そんな慣れ親しんだ日常の中にいるのだと、誰もが信じていた。

「さ、さむいーっ」

一陣の木枯らし。倉庫の扉から吹き込んできたそれは、狭い空間の中をひと撫でするだけで、中にいる全員を凍えさせた。

「ああもう、仕方ないわね。佐倉さん、ちょっと扉閉めて」

主将が言った。

はぁい、と元気の良い返事が返ってきた。そして。


ゴウン……

と、どこか不吉な音をたてて、扉が閉まった。

それきりだった。

器具の片付けを終えて、すっかり体の冷え切ったバドミントン部員たちが外に出ようとしても。古さのせいで建てつけがすっかりおかしくなっていた扉は、その役目を放棄したように、まったく動こうとしなかった。

そして、弓塚さつきを含むバドミントン部員五人は、氷室のような部屋の中に閉じ込められてしまった。

◆

ぼんやりと、周りの状況がわかるようになってきた。

薄暗くて、じめじめしていて、埃っぽい。そんな場所に、わたしは倒れている。

倒れて、全身をかきむしりながら、悶《もだ》えている。

感覚はないけれど、爪の先にずるりとした感触があることが、なぜかわかる。きっとあちこちの皮を破っちゃったんだ。いまのわたしを見たら、きっと全身血だるまで、制服もぐっちゃぐちゃに汚れちゃってるんじゃないかな。ああもう。せっかくの可愛い制服が、だいなし。

救いはといえば、体の内側が痛くて仕方ないせいで、外側の痛みなんてぜんぜん気にならないことくらい。

「助けて――」

昏が勝手に動いた。
そういえばさっきからずっと、わたしはそればっかり言ってる。
何を考える余裕もないんだから、何を言っててもおかしくないんだけども。
でも、そうだ。うん、わたしの言う通りだ。
助けて欲しい。そう思う。
だって、遠野くんなら助けてくれるから。助けてくれるはずだから。
約束だってしたんだから。

「タスケテ――」

あぁ、寒い。寒いよ。
寒いけど、きっと来てくれるよね。
来て、また、なんでもないって顔で、声をかけてくれるよね。

そういえば。
昇降口で会ったときの遠野くんの言葉。まだ、思い出せないや――

◆

「ああ、もう。これだからオンボロは」

そんな軽い口調で言って、バドミントン部主将は扉との格闘を開始した。ガタガタと揺れる扉。揺れるだけで、開こうという兆しはまったく見えない。

「あー、佐倉さん、ちょっと手伝って。こじあけるから」

「はーい」

ガタガタガタ。二人がかりで扉を揺らす。

「……ちょっと固いな。おーい、外、誰かいないかー？　扉が開かないんだ、手伝ってくれー」

ガタガタガタ。

「おーい、誰もいないのかー？　おーい」

ガタガタガタ。

外から聞こえるのは、木枯らしが吹き抜けていく音だけ。今の声を聞きつけた誰かからの返事、のようなものはない。

「……主将……」

一年生の一人が、不安そうに主将に声をかけた。

「大丈夫、ですか?」

「あー、ちょっと手間取りそうかな」

相変わらずの軽い口調……けれど震える声で答えて、主将は深呼吸をひとつ。

「おーい!

誰か、いないのかー!」

大声を張り上げる。

そして、しばらくの静寂。

やはり、外からの返事は、ない。

嫌な予感が、その場を支配した。

「みんな、帰っちゃったのかな」

別の一年生が不安そうにつぶやく。

「そんなわけないじゃない。まだ三時よ?」

わずかに苛立《いらだ》ちが混じった声で主将が答える。

「でも、他の部のひと、見かけなかったし」

「あ、でも卓球部とかが通りがかるかもしれないし。それに、この時間ならまだまだ先生たちも学校にいるでしょ?」

努めて明るい声で、さつきはそう言った。

「大丈夫大丈夫。なんとかなるから」

にっこりと笑う。

皮肉なことに、さつきは無理やりに笑顔を浮かべることに慣れていた。だから、自然な表情を……少なくともいつも彼女がみんなに見せているのと同質の笑顔を、後輩たちに見せることができた。


じりじりと、焦らすように時間は過ぎていく。


一年生たちは部屋の隅のほうで座り込み、身を寄せ合っている。

「寒い？」

そう声をかけたら、一同そろってうなずいた。

——当たり前だ。寒いに決まってる。何を聞いているんだろう、わたしは。

「いつまで、このままなのかな」

誰かが、少しかすれた声で呟いた。

「さっきあれだけ大声出しても誰にも聞こえなかったんだし、もうしばらくしたら先生たちも帰っちゃうだろうし……最悪、明日の朝までじゃない？」

他の誰かがそれに答えた。

「おなか、すいた」

運の悪いことに、誰も時計を持っていなかった。それに、時間感覚は空腹や冷気でとうの昔に麻痺《まひ》しきっている。だから、ここに閉じ込められてからどれだけの時間が経ったのか、知る手段がなにもなかった。

けれど、もうそろそろ、下校時間になるはずだ。そのくらいはわかる。

それはつまり、自分たちを助けてくれるかもしれない人達が、校内からいなくなるということだ。

「ああ、もう！」

ガン！

かんしゃくを起こした主将が、扉を蹴《け》りつけた。もちろん、それだけで開くほど柔《やわ》な扉じゃない。

ガン！　……再びの衝突音。

何人かの一年生が倉庫の隅にうずくまって両耳を塞《ふさ》いだ。

気持ちはわかる。この音は、なんていうか、聞いていると際限なく不安を膨らませてしまう。できることならば、聞きたくない。

「このぉ！」

もう余裕のかけらもない声で、主将が叫ぶ。

「開け、開け、開けぇ！」

ガン！　ガン！　ガン！

何度も、何度も扉を蹴りつける。

暴力的な……というよりも、方向性も持たずに荒れ狂う暴力そのものの音。

けれど、見かけよりもずっと頑固な扉は、意固地になったように開こうとはしない。

一年生の一人が呟く。

「あたしたち、このまま死んじゃうのかなぁ？」

それは、誰もが心の底で抱えていた不安。けれどそれを認めるのが怖くて、言葉にするのをためらっていたコトバ。

風こそ吹き込んでこないものの、気温が低いことに変わりはない。これから陽が沈むのだから、状況はもっと辛いことになっていくだろう。朝になるまで下がり続ける気温、そしてその中に取り残される自分たち。

その恐怖が、心の中に最悪のヴィジョンを浮かび上がらせる。

「……こういうとき、眠ったら死ぬっていうよね」

「うん……言うね」

「こんなに寒いのに、よく眠る気になるね」

「まだこのくらいの寒さじゃ大丈夫ってことだよ、きっと」

ガン！　ガン！　ガン！

暴力音をバックコーラスに、ゆっくりと絶望が心に染み渡っていく。

「さむい、よぉ」

「うん……」

「おなかへった、よぉ」

交わされる言葉が、減っていく。冗談を言い合う余裕も尽きたようだ。

そして、さつきにもう、彼女たちにかける言葉がない。

誰かが泣き出した。

それを皮切りに、誰もが泣き出した。

泣き出したいのはさつきも同様だった。けれどそういうわけにはいかない。たとえ虚像であっても、自分は彼女たちにとっては〝大人〟なのだ。その自分が負けてしまったら、彼女たちはそれこそ最後の支えも失ってしまう。

心が折れてしまっては、ますます寒さに耐えられなくなる。誰かがこの子たちを支えてやらないといけない。支え続けていてあげないといけない。

「泣かないで。大丈夫だから」

だから自分で泣き出す代わりに、後輩たちを抱きしめた。

「大丈夫、きっと大丈夫だから」

なんて空々しい言葉だろう。これでは、虚勢なんだって誰でも見抜けてしまう。

それでもさつきは繰り返す。繰り返すしかない。

「大丈夫」

――心が折れてしまっては、何もかもに耐えられなくなる。だからわたしはこの子たちを支えてやる。けれど……

――わたしを支えてくれるのは、誰？

――わたしを助けてくれるのは？

……この子たちは、わたしを大人だと言った。けれどそれは、ただの虚像。誰よりもわたしが一番よく知っている。虚像だから、それは、わたしを助けてはくれない。

涙が、あふれてきた。

もう止められなかった。さつきは泣き出した。

(助けて)

心の中で叫んだ。

(助けて)

強く願った。

腕の中の一年生を強く抱きしめて……いや、その体にすがりついたまま、道理も理屈もなにもかも捨てて、自分を助けてくれる「誰か」に呼びかけた。

途切れることなく続いていた、主将の扉への加撃。疲れたのだろうか、一瞬それが中断したその時に、その声は聞こえてきた。


――中に誰かいるの？

一瞬、倉庫の中の誰もが声を失った。

声は、扉の向こうから聞こえてきていた。

「み、み……」

緊張の糸が切れたのだろうか。主将の手が金属バットを摑《つか》み、

「見てわからないのかーっ！」

扉に投げつけた。

さつきは、その様子をぼんやりと眺めていた。

その声には、聞き覚えがあった。

白馬の王子様よろしく、彼に助けに来てほしい……そう願うあまり、乙女チックな幻聴が聞こえたのかとも思った。

けれど、

「困ったな。職員室、もう誰もいないみたいだ」

主将の怒鳴り声に答えるその声を聞いているうちに、そうではないと確信する。

来てくれたのは、遠野志貴だ。

「誰もいないって、どういうことよ！」

「そんなこと言われても、いないものは仕方ないじゃんか。とりあえず電話で連絡してみるから、少し待って……」

そこで声は一瞬だけ逡巡《しゅんじゅん》して、

「内緒にするなら開けられないこともないけど」

そんなことを言ってきた。

主将はますます猛《たけ》って、なにやら叫びながらバットを扉に叩きつける。

そのとき、すっと、扉に一本の線が入った。上から下へ。定規で引いたように素直な直線。

そして、そこから左右に割れるようにして、扉が開いた。

ガラガラン、という、扉が床に転がる音。

飛び込んでくる木枯らしの音。

歓声をあげて倉庫を飛び出す一年生たち。

そして、彼女たちに道を譲って扉の脇に立っている——彼。

「と……の、くん……」

声にならない声で彼の名前を呼びながら、近づいていく。

言葉が出てこない。

お礼が言いたかったのに。そしてそれ以上に、コトバにしなくちゃいけない何かがこの心の中にあったはずなのに。

結局何を言い出すこともできず、彼の顔を見上げた。

彼は一瞬だけきょとんとした表情になると、さつきの頭に手をのせた。

「早く家に帰って、お雑煮でも食べたら」

その言葉の意味は、頭には届かなかった。

けれどただ、その言葉が温かくて、嬉しかった。

そして、まぶたは涙で腫《は》れ上がったまま、頬は寒さで赤く膨れたまま、とにかく何もかもがぐちゃぐちゃな状態で、弓塚さつきは、

「——うん、そうするよ——」

みっともないぐらいに顔いっぱいの笑顔で、答えた。


その日の夜、お雑煮を食べた。

食べながらさつきは、突然泣き出した。泣きながら、餅を嚙み切った。どうしたのと問う母親になんでもないと答えながらおかわりをした。

『なんでだろう。なんで、ただのお雑煮がこんなに嬉しいんだろう』

もちろん、その理由はよく知っていた。

『なんでだろう。なんで、彼の言葉は、こんなにわたしに優しいんだろう』

そしてその答えも、今のさつきの中にははっきりとある。

つまり彼は、そういう人間なのだ。

優しい人ならいくらでもいる。頼れる人だってたくさんいる。けれど彼のような人間は、そうはいない。本当に助けてほしいときに、本当に助けてくれるひと。

だから彼の前では、どんな女の子も、童話の中のお姫様になれる。王子様の助けを、本当に心から信じさせてくれる。

おいしい……

——ああ、もう、ダメだ。

覚悟を決めて、自分の部屋に戻った。

日記帳を開く。壁のカレンダーを確認し、今日の日付を書き写す。

そして書き出した一行目は、こうだ。

「わたし、弓塚さつきは、今日から恋をすることに決めた——」

◆

身を起こした。

はぁ、はぁ、はぁ……


獣のような荒い呼吸。

全身を駆け巡る痛みは、相変わらず和らごうという気配がない。

意識は何度も吹き飛びそうになって、そしてそれを果たせずに、わたしはこうして苦しみ続けている。

「痛い……よ……」

傍らにあったレンガの壁に背中を預ける。

ヒザの力が抜けて崩れ落ちそうになる。それを必死になって堪えた。

「寒い、よ……」

がくがくと震える脚。いや、全身。

まだ、自分は死んでいない。

消えていない。

けれど、やっぱり、それは時間の問題だと思う。

こんな苦しさの中で、いつまでも在り続けられるほど、わたしは強くない。


はぁ、はぁ、はぁ……


自分の体を見る。傷らしい傷もなく、服に血がこびりついているということもない。

どうやらかきむしってつけた傷はもう治ってしまったらしい。服の血のほうも、早くも灰になってしして風に持っていかれたみたい。

よかった。あんまり汚れたままの姿では、彼の前に現れたくない。

ずるり。

一歩、前に踏み出す。

体が重い。

「助けて……」

そうだ。
遠野くんならば、きっと。わたしを、助けてくれる。

はぁ、はぁ、はぁ……

思考が堂々巡りをしながら、どんどん歪んでいく。
そしてわたしは、そのことに気づいている。
気づいているけれど、何もできない。
「のど……かわいたな……」
寒い。それに、体中が崩れそうに痛い。
遠野くんならばこういうとき、どんな言葉をかけてくれるだろう。
わからない。わたしは、遠野くんじゃないから。
だから彼に会わないと、その問いの答えは見つからない。
「会いたいな……」
あのころからずっと、わたしが大好きだったひと。
いつだって自然体で、体中のどこにもウソがないひと。
そして何より、とても優しいひと。
ああ、もう。

本当に、会いたくて仕方がなくなってきた。

ふと、顔をあげた。

聳《そび》え立つ灰色の隙間《すきま》から、空が覗《のぞ》く。

「あ、月……」

そこには、きれいな満月が浮かんでいた。セピア色に染まった空をスクリーンにして、ぼんやりと浮かび上がる上品な白の円盤。

鮮烈な既視感《デジャビュ》。

そして同時に、初めての発見。

これが、あの雨の日、遠野くんの見上げていた月。雨こそ降っていないけど、わかる。ようやくわたしにも見ることができた。

夜空に浮かぶ、一人きりの月。

それは、とても冷たくて、そして、

――綺麗な月、だった――

To be continued to......?

月姫

Blue Blue Glass Moon,
Under The Crimson Air.

第三話

ディスタンス・デート

text
根岸裕幸

illustration:Nanashiki Yamamoto

夕焼けの教室であんな別れ方をしても、アイツのことだ、いつもの調子でひょっこりとまた現れるに違いない。そんなことをどこかで期待していたんだと思う。

アルクェイド・ブリュンスタッドがいなくなって、遠野志貴《とおのしき》は平穏な日常を取り戻した。相変わらず羨《うらや》ましいほど自分の欲求に忠実な悪友、乾有彦と馬鹿をやったり、新しい家族水入らずで、初めてのクリスマスや年越しを迎えたりとそれなりに楽しくはあるけれど、何かが物足りない。

アルクェイドと過ごしたあまりに密度の濃い二週間、その記憶が大なり小なり何らかの事件に満ちあふれているはずの「平穏な日常」の印象を薄めてしまう。長い秋が終わり、冬が来て、人々の装いが変わっても、アイツは一向に姿を見せなかった。

冬の街で白いハイネックを着ている女性を見かけると、目が無意識にその姿を追う。その度に抱く淡い期待と、揺り返しにやってくる失意。それが半ば日課のようになっている現状に苦笑し、同時に寂しく思う。

お気楽吸血鬼のくせに、なにも律儀に約束を守ることはないじゃないか……幾度となく繰り返す、甚《はなは》だお門違いな文句。

今頃アイツは約束通り俺の夢を見てくれているのだろうか？

日陰で最後の抵抗を続けていた圧雪も陽光の前に次々と屈服し、もうすぐ春がやって来ようとしていた。白のハイネック姿に心惑わされることも次第に少なくなっていくだろう。それすらも寂しいと思ってしまう自分がいる。永遠に自分の夢を見続けると言ってくれたアイツのためにもしっかりしなくちゃいけないとは思うけれど、心の中にぽっかりと空いてしまった穴はそう簡単には塞がりそうになかった。

◆

そこにあったのは、ただただ圧倒的な静寂だった。

自身の存在意義を見失うまいと空気の流れが音を発して聞こえてきそうなほどの静寂。

そこは人の通わぬ山間に佇《たたず》む「最も天に近い場所」千年城ブリュンスタッド、玉座の間。玉座には城の主、吸血姫アルクェイド・ブリュンスタッドが豪奢《ごうしゃ》な玉座には不似合いな数多の鎖で縫いつけられている。

「不眠症の吸血鬼なんて、冗談にもなりゃしない……」

自らを縛る鎖を微《かす》かに鳴らしてアルクェイドは一人自嘲《じちょう》気味に呟いた。

「志貴の夢を見るって約束したのに」

志貴と別れたあの日から、幾つの夜と昼が過ぎたのだろう。アルクェイドは、いまだ眠りにつくことができないでいた。

思考が睡眠を促しても、意識が、それを拒絶する。

今までにない事態ではあったが、今回の目覚めが今までの物とは全く違っていたように、今回の眠りが今までとは違う物になるのはある程度予想できた。それほど、今回の目覚めは異質な物だった。

活動期間の長さはもとより、日本という異国の地、追撃者ネロ・カオスの襲撃や、真祖たる自分が、たかが人間に一度殺されるというイレギュラー。自分を殺した遠野志貴との邂逅《かいこう》とそれによって得られた様々な人々との出会いや、多くの「価値ある無為」の経験。そして無限転生者にして仇敵《きゅうてき》、ミハイル・ロア・バルダムヨォンの消滅による無限連鎖の終結。思い返せば本当に色々なことがあった。

そもそも記憶を反芻《はんすう》するという、今行っている行為そのものがすでに異質だった。

今までは眠りにつく前に記憶を洗い流すことに対して、何の抵抗も抱かなかった。求められる知識はロアの発現する土地や時代によって全く異なる。記憶や経験の継承はこの場合殆《ほとん》ど意味をなさないどころか、時には不利になることさえあるのだから、それは至極当然の行為だ。ロアを察知し、ロアを探し、ロアを狩り、次のロアを察知するまで再び眠りに就《つ》く。連綿と続くこの単調な作業に、余分な記憶は必要《にもっ》なかった。

これほどまでに意識が眠りを拒むのは何故か。記憶を持ったまま眠ることで自らの孤独を再認識することを本能的に恐れているのかもしれない。時の流れは真祖以外のすべての事物に敵対する。おおよそこの世に存在するあらゆる事物は時の流れに浸食され、老いて、朽ちて、死んでゆく。

ロアの消滅により矛盾の縛鎖《ばくさ》から解き放たれたシエルも、今度は時間の枷《かせ》に囚《とら》われるだろう。次に目を覚ました時、私はこの記憶の世界から完全に切り離される。見知った顔が誰もいない、志貴のいない世界を想像して戦慄《せんりつ》する。

これまで当たり前のように受け入れていたはずの孤独が、今はとてつもなく重い。

こんな思いをするくらいなら、今まで通り記憶を洗い流してしまえばいい、そう思うと同時に、この記憶《おもいで》を捨てることを何よりも恐れる自分がいる。

「何もかも、志貴が悪いんだからね……」

今にも消え入りそうな声で呟く。人間のくせに私を殺して、人間のくせに私を愛して、人間のくせに、ここまで私を悩ませる。

「志貴にもう一度逢《あ》いたい……」

刹那、城の主を縛り付けていた無数の鎖が、一斉に捕縛する対象を見失う。

それまでの静寂を打ち砕くかのように、重力に引かれた数多《あまた》の鎖が、磨き上げられた石造りの床を叩く。けたたましい音が、もはや無人となった玉座の間に響いた。

気がつくと、アルクェイドは明らかにそれまでとは違う場所に立っていた。空が見える、太陽はすでに沈んでいた。頭上には白い月が夜空を照らしている。

ふと、自然と無機物が雑多に同居する懐かしい感覚におそわれる。寿命が近いのか、チカチカと明滅を繰り返す作り物の街灯と、風に乗って微《かす》かに聞こえる喧噪《けんそう》。そこは人の匂いと生活の空気に満ちあふれた、紛れもない人間の街だ。

そして、おそらくここは志貴の住む街に違いなかった。埃《ほこり》で薄汚れたガードレールに手を触れれば、まるで昨日のことのように鮮明に思い出すことができる。自分を殺した人間を見定めてやろうとワクワクしながら待っていた、あの時の記憶。

忘れるはずがない、そこは遠野志貴を初めて見かけた思い出の場所だった。

「まいったな……」

繁華街にはほど遠いこの辺りは、夜ともなれば全くと言っていいほど人通りがない。志貴を待っていた時と同じガードレールに腰掛け、アルクェイドは自らが引き起こした無意識の転移に一人困惑していた。

自分はそれほどまでに志貴のことを想っているというのか、単純に嬉しいと思う反面、怖くもなる。想いの強さはそのまま吸血衝動の強さに転化する。ロアに奪われた力を取り戻した今なら吸血衝動をある程度抑えることはできるだろう、しかし、志貴だけは別格だ。想いに気づいてしまった今、志貴のことを考えるだけで「渇き」を感じてしまう。

志貴に対する吸血衝動はもはや抑えられないということが実感としてわかる。心のどこかで以前のように志貴と再び触れ合うことを期待していた。しかしその望みが叶《かな》うことは永遠にあり得ない、そういうことがわかってしまった。

「こんなにも好きなのに、こんなにも近くにいるのに……」

想いが募れば募るほど、抑えられない吸血衝動。何という皮肉だろう、いつの間にか頬を伝う涙は悲しさ故か、悔しさ故か。

厚い雲に月の光が遮られ、明滅を繰り返していた街灯が事切れる。まるで涙に暮れる吸血姫の姿を誰にも見せまいとするかのように、辺りは闇に包まれた。

◆

試験が近いわけでもなく、屋敷にいても取り立ててすることがなかったので、志貴は街に出ることにした。

街に出るといっても特にこれといった目的があるわけではないのだが、琥珀《こはく》さんや翡翠はいつも通り忙しそうに働いているし、屋敷でぼんやりとしているよりは外に出たほうが遥かにましな時間の過ごし方のように思えたからだ。何より、こんな天気の日に外に出ないのももったいない感じがした。

「おはようございます、志貴様」

「ん、ああ、おはよう翡翠《ひすい》」

国民の祝日だからといって、のんびりと惰眠を貪《むさぼ》っていられるほど遠野家の現当主は寛容ではない。つまり、いつもと同じ時間に翡翠はやってくる。

とは言ったものの、元々目的もなく出てきたため、結局は書店やCDショップ巡りといったお決まりの放課後巡回コースを辿《たど》ってしまう。我ながら休日の過ごし方のバリエーションに欠ける男だ。時折、幸せそうな笑顔を浮かべて休日を満喫している様子の親子連れやカップルを見かけたりすると、傍らにアルクェイドがいてくれれば少しは豊かな休日を過ごすことができたのかもしれないな、なんてことを考えてしまう。未練がましい。

書店を一軒とCDショップを二軒はしごして結構な時間をつぶしたつもりだったが、時計の針はまだ十一時を少し回った程度だった。出かける際に「昼食はいらない」とことづけして出てきた手前、お昼前に屋敷に戻るのもバツが悪い。

こうなったら、意地でも休日を有効活用してやろうと、変な使命感すら湧いてくる。

「とりあえず、映画でも観るか」

気張った割には随分と安易な選択ではあるが、そうと決まれば情報収集だ。一時間ほど前まで立ち読みをしていた書店に舞い戻り、適当に日付の新しい情報誌を買う。

そういえば、映画館で映画を観るなんてアルクェイドと一緒に行って以来……と、そこまで考えたところで頭《かぶり》を振る。しっかりしろ遠野志貴、お前はいつまで引きずるつもりだ。何をするにもちらついては消える、笑顔と白いハイネックがよく似合う金色の髪の吸血姫の影。

魅了の魔眼は使わないなんて言っていたけど、本当は気がつかないうちに使われていたのではないか、そしてそれを解除しないままアイツは自分の前から姿を消したのではないか。そうでもなければ説明がつかないほど、どうしようもない喪失感。

気をつけなければ肩が触れてしまうほど人で賑《にぎ》わう街並みを歩いているのに、言いようのない孤独を感じる。

たった二週間。

一緒に過ごした僅《わず》かにそれだけの時間の記憶が、甘美な麻薬のように今もなお心を蝕《むしば》んでいる。なるほど、麻薬というのは言い得て妙かもしれない。さしずめ白い衣服にアルクェイドの姿を追ってしまうのは幻覚症状の一種か、すれ違う人々に時折怪訝《けげん》そうな顔をされながら一人納得して苦笑する。

ふと、奇妙な感覚にとらわれ立ち止まる。

誰かに見られているような、チリチリとしたむず痒さを感じる。

人の流れのリズムから完全に外れてしまったため、おぼつかない足取りで何人かとぶつかりそうになりながらも周囲を見回す。

視界の端に、白いハイネック姿が引っ掛かった。

またか、と思う。

幾度となく繰り返した期待と失望。もはやそれは幻想を追っているだけの行為にすぎないと自分でもわかっている。それでも、志貴の目は白いハイネックを恐るべき精度で察知し続ける。それは、いつか吹っ切らなければならない記憶の残滓《ざんし》。

円滑だった人の流れを阻害するように、志貴は一人道の真ん中に立ちつくしていた。行き交う人々の非難めいた視線を感じ、再び歩き出す。

ほどなくしてまた同じ感覚がおそってくる。

一度気に留めてしまったことで感覚が鋭敏になってしまったのか、さきほどまでただのノイズでしかなかった周囲の会話まで聞こえてくる。それに比例するようにむず痒さも増しているような気がする。

思い過ごしと言われればそれまでのような気もするが、無意味にデパートを通り抜けたり地下道を通ってみたりしても、その感覚はついて回った。誰かが、確実に後をつけてきている。こうなったら意地の張り合いだった。絶対にその正体を突き止めてやる。

幸いここは駅前の中心部だ、あちらこちらにデパートのショーウィンドウがある。今もショーウィンドウに向かって人待ちをしているらしい女性が盛んに髪形をチェックしているように、よく磨かれたガラスは鏡の代わりになる。これを上手く使って後をつけている相手を見定めてやるつもりだった。

ショーウィンドウに白いハイネック姿が映った。それは見事な金髪と美貌の持ち主でもあった。志貴は彼女を知っていた、忘れるはずがなかった。心臓を鷲掴みにされたような感覚。いったん目を逸らす。

これはきっと幻覚だ、きっとそうに違いない。

今までになく高まる鼓動と期待感を抑えようと必死に自分に言い聞かせる。それはもし本当に幻覚だった時のダメージを最小限にするための、一種の防衛本能のようなものだ。

意を決してショーウィンドウをもう一度見る。幻覚ではなかった。ショーウィンドウにはアルクェイドの姿が、確かに映り込んでいた。


どうしてアルクェイドがいるのか、何故こんなまどろっこしい真似をしているのか、それはわからない。あのアルクェイドがこんな間接的な手段を取るということは、アイツなりにそれなりの理由があるのだろう。アルクェイドが近くにいて、どうやら自分についてきているらしい。それがわかればとりあえずは充分だった。

この状況を利用しない手はなかった。上手くアルクェイドを誘導できれば、疑似デートができる。あの時果たせずに終わった約束を果たすことができるのだ。

久しくない高揚感に胸が躍り、表情が緩んでいるのが自分でもわかる。

時計はもうすぐ正午を指そうとしていた。アルクェイドがいつまでこの状態を維持するのかにもよるが、与えられた時間はそう多いものではないだろう。目的もなくダラダラと時間を浪費する愚は避けたい。今後の入念なスケジュール立案と腹ごしらえを兼ねて、まずはどこかゆっくりと座れる場所を探す必要があった。

条件としてはそれなりに大きい店で、カウンターで一括して注文を受けることによって不可避の接近遭遇が発生してしまう可能性のあるファーストフード系は除外する。店員が直接注文を取りに来るような店が望ましかった。

この手の情報に乏しい記憶のデータベースをひっくり返して、なんとか条件に見合う喫茶店を割り出す。その店は、以前アキラちゃんとお茶をするときに教えてもらった(連れて行ってもらったという表現のほうが正しい。当然、飲食代はおごりだ)店の一つだった。心の中でアキラちゃんに感謝する。その店の場所はここからだと駅を挟んで丁度反対側にあるので若干歩くことになるが、そんなことはもはやどうでもよかった。

デパートのショーウィンドウや路上駐車している車のミラーを利用してアルクェイドがちゃんとついてきているかどうかを確認しながら、つかず離れずの距離を保てるようにゆっくりと歩く。どちらかと言えば距離の管理はこちらの仕事ではないような気もするが、アルクェイドにそれを求めても無駄なので一方的にこちらでやることに決めた。

休日の昼過ぎともなれば、街はより混雑の度合いを増してゆく時間帯だ。最初はアルクェイドを見失うことも危惧したが、どうやらその心配は杞憂《きゆう》に終わったらしい。基本的に単一民族国家であるこの国の街並みに、金髪で、黙っていれば端正な顔立ちのアルクェイドはあまりに異質すぎて悪目立ちするのだ。

こっちが人混みの中を右へ左へと掻《か》き分けるように歩いているのに、アルクェイドの場合、人混みのほうが彼女を避けようとするらしい、人混みを割るように真っ直ぐスタスタと歩いてついてくる。非常にわかりやすくて誘導する側としては助かるのだが、何となく釈然としないものを感じずにはいられない。本当に気づかれないで尾行できてる

と思っているのだろうか。

ともあれ、十分ほど歩いて目的の店に辿り着く。その店に来るのは今回で二度目だったが、ちゃんと記憶通りの場所にあったことに安堵《あんど》しつつ、店のドアを開ける。

一見重そうだった今時珍しい木造のドアは、普段から手入れが行き届いているのか案外すんなりと開いた。春が近いとはいえ、まだ気温の低い屋外の空気に引かれ、店内の暖かい空気と香ばしい豆を煎《い》る香りが鼻腔《びこう》を擽《くすぐ》る。

ドアに取り付けられた年代物のベルが小さいながらも澄んだ音を奏《かな》で来客を告げる。すると、センスの良いゴシック風の制服に身を包んで忙しそうに動き回っていた店員の一人が「いらっしゃいませ」とお決まりの挨拶とともにこちらにやって来た。

「一人で。禁煙席があれば」

もたもたしているとせっかちなアルクェイドと鉢合わせしてしまう可能性もあったため右手の人差し指を一本だけ立て、言葉と行動で端的に先方の求める情報を提示する。

カウンターを除いてテーブル席は全席禁煙になっているから、好きな席を選んで注文が決まったら手を挙げて呼んでくれ。お冷やとおしぼりはセルフサービス、トイレは左手奥。というニュアンスのことを店内演出なのか、やたら丁寧な口調で言われ、店の中をざっと見回す。

店内は入り口を中心線として左右対称に横長の構造になっているようだった。正面方向にはカウンターや厨房があるせいか奥行きはそれほどでもないが、充分理想的だ。

入って右側の区画、入口から一番遠いテーブルが丁度空いていたのでそこに座ることにした。当然、入り口には背を向けて座り、ブレンドとホットチーズサンドを注文する。アルクェイドが店の中までついてくるかどうかはかけだった。が、用心するに越したことはない。アイツだって昼食は取るだろうし、限られた時間をきっちりエスコートする立場としては準備と下調べは腰を落ち着けて入念にやっておきたかった。

買って袋に入ったたままだった情報誌を開き、先に届いたブレンドをゆっくりと味わいながら今後の予定を立てることにする。人の出入りはベルの音に気を配っていればわかるだろう。最もさっきの様子からすれば、アルクェイドが店に入ってくれば嫌でもわかりそうだったが。

さて、デート（敢《あ》えてこう言おう）の予定である。まずは映画だろう。我ながら引き出しの少ない男だとは思うが、前回のデートで確かな手応えがあった実績は外せない。

しかも、前回は時機を逸して観ることができなかった、そして「次」に一緒に観ようと約束したまま別れてしまった、いわゆる大作系の純粋な娯楽映画が観たい。ＣＧや特殊効果を駆使した人間の空想具現化の極致ともいえるその手の映画なら、本家空想具現者のアルクェイドにもきっと満足していただけるに違いない。

目次を指で辿り、情報誌の上映スケジュール一覧のページを開く。

以前から、雑誌や琥珀さんの部屋で見たテレビの宣伝などで観よう観ようと思ってはいたものの、結局観ないまま終わりそうだった正月映画が辛うじてまだ上映中だった。

公開当時のレビュアーの評価も、すでに観てきたというクラスメイトの評価もそう悪くなかったのでその映画を観ることに決める。上映時間を確認すると、天の配剤と言うべきか、丁度良いタイミングで次の回の上映を観ることができそうだった。

そうこうしている内にこんがりと美味《おい》しそうに焼けたホットチーズサンドが届いたのでそこでページを折って本を閉じる。アルクェイドが店内に入ってきた様子はまだない。

それなりに繁盛している店なのか、それまでの約十分ほどの間にドアのベルは三回鳴っていた。ベルが鳴るたびに振り向いて確認したい衝動に駆られるが、「気づいていることに気づかれてはいけない」というこの特殊な状況下では、ただひたすらに耐えるしかない。ベルの鳴る音と、それに前後する店員の応対が現状で志貴の手に入れられる情報のすべてだった。

三回鳴ったベルのうち、精算を済ませ店を出たのが二組。そして新たに入店してきたのが一組。その一組は志貴にほど近いボックス席に座っている。

買い物帰りの母娘連れらしく、四人が楽に座れるボックス席の内二人分のスペースをオレンジ色のショッパーと食品館のビニール袋が占領していた。

普段の倍以上の時間をかけて飲んでいたブレンドの一杯目が終わる。

アルクェイドは店の中までは入ってこないのではないか？

そんな想いが脳裏をよぎる。

喫茶店の出口を張って、自分が出てくるのを待ちかまえているのではないか？

ありうる話だった、元々最初に出会ったときから待ち伏せはアイツの常套《じょうとう》手段だったじゃないか。

だとすれば、ここにいることは貴重な時間の浪費でしかない。さっさと映画を観た後の予定を立てて店を出なければと、三分の一ほど残っていた既にホットではなくなりつつあるチーズサンドを急いで片付け始めると、微かにではあるが四回目のベルが鳴った。

会計を済ませた様子も「ありがとうございました」の挨拶もない、つまりそのベルを鳴らしたのは新しい来店者だ。

「いらっしゃいませ」といつも通り言いかけた店員が一瞬口ごもり、すぐさま
"May I help you?"

と言い直す。素晴らしい、なかなかできる対応じゃない。

「うわ、すっごい美人……」

入り口が見える側に座っていた娘が惚けたように呟く。

「どれどれ……はー、モデルさんか何かかねぇ」

細波《さざなみ》のように店内に広がるざわめき。新しい来店者は明らかに異質な存在らしかった。

「あー、大丈夫、日本語わかるから」

こちらまで聞こえないようにという一応の配慮なのか、店員に耳打ちするように言ったその声を聞き違えるはずがなかった。

それは久しぶりに聞くアルクェイド・ブリュンスタッドの声だった。

「わ、またこっち見てる、やっほー」

ひらひらと手を振っている隣の娘の反応で、アルクェイドの席からこちらがちゃんと見えているらしいことがわかる。時計を確認する。次の上映時間まで約四十分、ここから映画館までは五分とかからない。どうせ上映開始の数分は予告で潰《つぶ》れるだろうから、何を頼んだにせよアルクェイドが一服するくらいの時間は充分にある。その間に今日の予定を完全に決めてしまうことにしよう。

チーズサンドの皿を下げてもらいながらブレンドのお代わりを頼み、折ってあった情報誌のページを再び開く。

映画を観る、それは良い。その後はどうしよう、何か面白いスポットはないかと情報誌を斜め読みする。面白そうな施設が幾つかあるにはあったが、いかんせん場所が離れすぎていた。一番近い所でも乗り換えやら何やらで片道一時間以上はかかりそうだ。

一般的なデートのように移動時間も二人で共有できるのならば、それも充分ありだとは思うが、今回の場合はそうも行かない。無味乾燥な移動時間で大切な時間をドブに捨てるようなことはしたくなかった。第一そんなに離れた全く知らない場所に、アルクェイドを誘導しながら連れて行くのは現実的ではないように思えた。都市部の複雑極まりない乗り換えに失敗して、万が一はぐれたりした場合目も当てられない。

他に何かないかとページをめくっていると、特集記事の中の一つに遊園地の特集が組まれているのを見つける。

「遊園地か……」

普通のデートコースとしてはあまりにもオーソドックスすぎて相手に呆れられそうな選択だが、今回の相手はアルクェイドで、これは普通のデートじゃない。こういう時でもなければ行くことのないある種特殊な場所でもあるし、アルクェイドを楽しませるという今日のデートの趣旨に照らし合わせれば、この選択も悪くない気がする。

色々なアトラクションにアルクェイドが無邪気に驚き、喜ぶ様を想像してみる。鮮明なイメージが容易に浮かんできて、こっちまでワクワクしてくる。

悪くないどころか、かなりいいかもしれない。

楽しそうにはしゃぐアルクェイドの隣に自分の姿がないのは甚だ残念ではあるが、それはこの際仕方がないことだ。

後はロケーションの問題だ。特集で取り上げられているような最新絶叫アトラクション満載！　とまではいかないが、ジェットコースターや観覧車、お化け屋敷といった基本的なアトラクションが一通り揃った、それなりの規模の遊園地なら心当たりがあった。

有間の家にいた頃に何度か行ったことのある場所で、地理的にもうまく急行を捕まえられれば乗り換えなしでここから三十分とかからない。

完璧だ。やるべきこと、行くべき場所はすべて決まった。後はそれを粛々《しゅくしゅく》と実行に移すだけだ。映画の上映開始まで約二十分。二杯目のブレンドも既に空になっていた。

よく手入れされたスプーンを鏡の代わりにして、左の脇の間からさり気なくアルクェイドの様子を伺《うかが》う。

アルクェイドは、外の景色を見ながらまだハーブティーか何かを飲んでいるようだった。物憂げな表情と指を組んだ両手の平でカップを挟み込む仕草は、さながら映画やドラマのワンシーンのようで、二人で一緒にいるときには決して見られないであろうアルクェイドの意外な一面を垣間見た気がして胸が高鳴った。

今すぐにでも店を出てアルクェイドを本格的に連れ回したいという思いを、五分間だけなだめすかして抑えつけることにする。十回は針の進みを確認しただろうか、長い長い五分がようやく過ぎる。念のためもう一度スプーンによる偵察を敢行すると、アルクェイドは伝票の感熱紙をクルクルと丸めて遊んでいた。もう席を立っても問題ないだろう。

情報誌を元の紙袋に入れ直して、ゆっくりと席を立つ。なるべくお互いの視界が被《かぶ》らないように、小銭入れの小銭を俯《うつむ》き気味に数える振りをしながら会計を済ませ、アルクェイドの座っている左側の区画を一切視界に入れることなく、店のドアを引く。

ひんやりとした外気が舞い上がりそうになる心を落ち着かせる。

「ありがとうございました」の挨拶が、ガタン、パリン、うにゃー！　大丈夫ですか！　お客様！　という音の連鎖でかき消される様子に吹き出しそうになる。

アルクェイドが店から出てくるまで、どうやらもう少し時間がかかりそうだった。

店から少し離れた通りの端でしゃがみ込み、靴紐を解いては形を整えて、ゆっくりと丁寧に再び結び直す。

端から見れば異様としか言いようがないこんな作業を、左右とも二回ずつ繰り返して、三度右足の靴紐を解いていると、ようやくアルクェイドが店から出てきた。ここからでは表情を読みとることまではできないが、落ち着きなくきょろきょろと辺りを見回しているのはわかる。

焦って見当違いの方向に探しに行かれると面倒なことになるので、解いた靴紐を適当に結び直して立ち上がる。念のため「伸び」をして存在をアピールしておくことも忘れない、なんだかまるっきり変な人みたいだ。これで気がついてもらえただろうか。

上映時間が近づいているので、やや足早に映画館へ向かうことにする。

駅から少し離れ、半日も放置すれば容赦なく撤去される駐輪禁止区域から外れるこの辺りの歩道は、駅利用者の半ば公然の駐輪場になっていて、バイクや自転車が隙間なくずらりと並んでいる。ミラーにマフラー、燃料タンクに磨き上げられたフレームと、おかげで後方を確認する手段にはこと欠かない。どうやらアルクェイドはちゃんとついてきているようだ。さっきのアピールが無駄に終わらなくて本当によかった。

◆

休日ということもあり映画館はそれなりに賑わっているようだった。

演目毎に上映時間が記された掲示板には「ただいま満席、入れ替え制のため次回以降の入場となります」という札がいくつもかかっている。もっともこれから観ようとしている映画は公開から随分と時間が経っているためか、上映開始間近でも「ただいま座ってご覧になれます」の札がかかっていた。

入場券を券売機で買ってしまうと後から来るアルクェイドが混乱しそうだったので、敢えて上映館毎に分けられた窓口で買うことにする。これならば間違った券を買って右往左往することもないだろう。

代金と引き替えに淡い緑色の入場券をもらって、次回上映待ちの列なのか、左側にずらっと人が並んでいる階段を券に印字された階まで上る。それぞれの上映階の入り口には係員が立っていて、ここで入場券の半券を渡すことで初めて映画を観る権利を得ることができる仕組みだ。残った半券を記念として財布に入れていると、階下から微かに聞こえるざわめきが次第に近づいてくるのが確認できた。

もう少し閑散としている様を想像していたのだが、意外にもロビーはそれなりに混雑していた。アルクェイドと目を合わせることがないよう入り口から視線を外し、カウンターでパンフレット、ドリンク、ポップコーンという王道三点セットを購入する。

いつもならポップコーンは買わないし、パンフレットも本編が面白かったら帰りに買う程度なのだが、今回はアルクェイドに娯楽映画の楽しみ方における正しい作法を伝授してやろうというよくわからない使命感から、敢えてそれらを購入することにした。こうやって買っておけば、アルクェイドもおそらく同じ物を買うだろう。

パンフレットを小脇に挟みつつ、両手が塞がった状態で、防音扉を背中で押し開けるようにして館内に入る。館内は、前のほうの席ががらっと空いている以外空席は疎《まば》らで、この映画の根強い人気を伺わせる。スロープ状に下っている通路を歩きながら辺りを見回すと、運良く中ほどの列に空席を見つけることができた。

クリティカルなネタバレに言及しない程度の粗筋にメインキャスト及びスタッフのインタビュー、撮影風景に雑誌や予告編でお馴染みのパブ写真が並び、最後にグッズの通販案内が続くという無難な作りのパンフレットをペラペラと眺めていると、しばらくしないうちに開演のブザーが鳴る。ゆっくりと照明の明度が落ちてゆき、同じようにゆっくりと幕が開いてゆく。

記憶が確かなら、何年も前からずっと変わっていないお決まりの地元企業のコマーシャルフィルムが流れた後、春休み向けのアニメ映画や邦洋話題作の予告編が立て続けに流れる。数分に及ぶ予告編のオンパレードで映画館独特の大音量にようやく耳が慣れた頃、ようやく本編が始まる。その時になって、志貴はアルクェイドがどこに座っているか確認するのをすっかり失念していたことに気がついた。

いかにアルクェイドが目立つ容貌をしているとはいえ、照明の落ちたこの広い館内でその姿を探すのはとても困難なことに思えた。が、その心配はすぐに杞憂に終わった。アルクェイドの座っている場所はすぐに見つかった。見つかったという表現は正確ではないかもしれない、その場所を特定したのは視覚ではなく聴覚が先だったからだ。

志貴の座っている位置からやや左後方、出口にほど近い位置に座って、ガサゴソと音を立てながらポップコーンを食べては、要所要所のシーンで感嘆や驚きの声を上げている傍迷惑《はためいわく》な観客がアルクェイドだった。

さすがに注意しようとする人もいるにはいたようだったが、アルクェイドの日本人離れした容姿や純粋に映画を楽しんでいる様子にさすがに気後れするらしく、次第に彼女の周囲に無人の空間が形成され、広がってゆく様は見ているだけで愉快だった。

しかし、そんなアルクェイドの反応が観客達に一つの変化をもたらした。主人公達の軽妙な掛け合いに笑い声を上げ、緊迫したシーンでは一様に押し黙ったかと思えば、衝撃の展開に驚嘆する。声を発しているのは既にアルクェイドだけではなくなっていた。観客の皆がその映画を楽しみ始めていた。

悲鳴が上がるほど絶体絶命のピンチから息を飲むクライマックスを経て、多少のご都合主義はあるものの納得の行く大団円を迎えスタッフロールが流れ始める頃には、全員が歓声を上げ、制作者達に惜しみない拍手を捧げていた。

もしその映画の出来に関して評価を求められたとしても、残念ながら答えることはできないだろう。なぜなら、正面のスクリーンを見ているより、後ろのほうに座って一喜一憂しているアルクェイドの様子を眺めている時間のほうが長かったからだ。彼女の反応を見る限り、値段分の価値は充分あったに違いない。

館内が明るさを取り戻し、皆が席を立ち始める。空になった紙コップを二つ重ねて席を立つと、映画館特有の据わりの良い椅子にすっかり体を預けてぼーっとしているアルクェイドの姿を確認することができた。館内を出る際のニアミスを危惧していたのだが、どうやらその心配は無用だったようだ。

駅前の再開発でぽっかりと空いていた土地に最近できたアパレルショップがあった。七階建てのビルはフロアごとにカテゴリー分けされていて、性別や年代を問わない普遍的なセンスの良さと雑貨や小物、アクセサリーまでをトータルとしてコーディネイトするそのブランドポリシーから様々な雑誌に取り上げられ、人気のあるブランドだった。

その店のショーウィンドウの一つが、映画館の出口を丁度映し出す位置にあった。

ウィンドウの中にはブランドのテーマカラーでもあるオレンジを基調とした空間が形成され、恋人達を模したマネキンによって来たるべき春の装いが再現されている。

ウィンドウの中の虚像とウィンドウに映り込む鏡像、それぞれを交互に眺めながら志貴はアルクェイドが出てくるのを待っていた。

左腕にはめている時計を見ると、時間は三時を少し回っている。既に次の回の上映が始まっている時間だった。アルクェイドはまだ出て来ない。

放心状態で椅子に座っていたアルクェイドの姿が思い浮かぶ。

「アイツ……まさかずっとあのままなのか？」

完全入れ替え制の縛りが外れていることが仇《あだ》になっていた。入れ替え制ではないということは即ち、係員の追い出しもないということだ。返せばそれはアルクェイドが正気を取り戻して自分の意志で館内を出ようとしない限り、最後の上映が終わるまで館内から出て来ることはないということでもある。有彦と二人、終電を逃してオールナイトの映画館で夜を明かした時のことを思い出す。

もっとも、単にもう一度観たくて二度目の上映を観るために残っているという可能性もあり得たが、自分の価値がたかだか娯楽映画に負けたような何とも惨めな気分になるので、さすがにそれは考えたくなかった。

様子を見に行くわけにもいかず、ただ待っていることしかできないという弱みが、じわじわと理不尽な怒りに転化し始めた頃、ショーウィンドウにようやく正気を取り戻したのか、もの凄い勢いで文字通り映画館を飛び出してきたアルクェイドの姿が映った。

アルクェイドはまるで捨てられた犬か猫のように心細そうな表情を浮かべて、忙《せわ》しなく辺りを見回している。後をつけるべき対象を自分のミスで完全に見失う、経過した時間からすれば、どう考えても絶望的な状況だろう。それでもアルクェイドは懸命に遠野志貴の姿を探してくれている。先ほどまで抱えていた怒りは、既に霧散していた。

抱えているジレンマはアルクェイドも同じだった。

声を発して名前を呼べばいい、それが最も簡単で確実な解決方法だ。しかし、アルクェイドはそれをしない。声を発してしまえば、名前を呼んでしまえば、相手に気づかれてしまうから……そして相手に気づかれてしまえば、すべてが終わってしまう。それがわかっているから。

すぐにでもアルクェイドの目の前に飛び出したくなる衝動を抑えながら、志貴は考える。どうにかしてアルクェイドに自然に見つけてもらうための方法を早急に思いつかなければならなかった。何か、何かないか？　「冬物最終バザール」と書かれたオレンジ色の吊《つ》り広告が目に入った。アルミか何かのフレームに吊られている広告は、下で上端と下端を取り付けて、上端をワイヤーで巻き上げるような方式になっていた。それならワイヤーを切れば……迷っている時間はなかった。

「ごめんなさい、当分服はここで買います」

心の中で、誰にも聞こえない懺悔《ざんげ》をしながら、志貴は広告を吊っているワイヤーを殺す。予想以上に大きな音を伴って広告は落ちた。その音は当然人々の耳目を一斉に集め、志貴は無事アルクェイドに見つけてもらうことができた。

◆

次の目的地である遊園地へは最初から電車で行こうと決めていた。

タクシーやバスといった手段も考えないではなかったが、タクシーは単純に経済的な問題と、アルクェイドの性格を考慮すれば、同じようにタクシーを捕まえて追跡というより、そのまま歩いてタクシーを追いかけて来そうだという理由から、バスは経済的には問題なかったが、同じ車内で気がつかない振りをするのはどう考えても無理なことからそれぞれ利用を見合わせた。

電車に乗るには切符を買わなければならない、アルクェイドも知識として当然知っているだろう。しかし、知識と経験は全く別のものである。実際に正しい切符を買うことができるかどうかは話が違う、仮に正しい切符の買い方を知っていたとしても、アルクェイドは今回「どの駅で降りるか」という根本的な情報を知らない。知りようがないし、こちらとしても教えようがなかった。

複数のボタンがずらりと並び、相互乗り入れしている各社の経路ごとに、気が遠くなるような数の組み合わせが存在する最新型の自動券売機で、すぐ傍にいるわけではないアルクェイドに同じ行き先の切符を買わせる苦労は考えたくなかったので、多少割高ではあるが、プリペイドカードタイプの切符をカード専用の券売機で購入する。

改札を入ってすぐの天井にかかっている電光掲示板を見上げて、目的地へ向かう電車の時刻と到着ホームを確認する。丁度ホームに入線している電車なのか、発車時刻表示が点滅している各駅停車の二本後に目的地まで行く急行が入ってくるようだった。

指定のホームへ繋《つな》がる階段を上る。遮蔽物《しゃへいぶつ》の少ないホームには、弱いながらも常時風が吹き抜けていて、春が近いとはいえまだまだ冬の肌寒さを感じさせる。

記念列車か何かが走るのか、いつもは人も疎《まば》らなホームの端に、物々しいレンズを装着したカメラが備え付けられた三脚が幾つか立っており、同好の士らしい数人が専門用語なのか暗号なのか不思議な言語を交えながら談笑していた。

寒さに手をこすり合わせる素振りをしながら、腕時計の風防にアルクェイドの姿を捉える。距離にして約一両半ほど、近すぎず、遠すぎず、恐らく無意識に違いないが悪くない位置取りだった。

聞き慣れた電子音のジングルと共に各駅停車の入線アナウンスが流れる、アルクェイドが目に見えて緊張するのがわかった。

警笛と轟音を伴い、空気の壁を圧倒的な速度と体積で押しのけながら、飾り気とは無縁のアルミ地剝き出しの車両がホームに入線してくる。莫大な運動エネルギーを回生ブレーキで吸い上げながら殺し、車両は所定の位置で停止する。独特のエアが抜ける音とともにドアが開き、結構な数の乗客が吐き出されては、並んでいた何人かが新たな乗客として乗り込んでゆく。

目を見開いてその様子を見ていたアルクェイドが不安げにチラチラとこちらの出方を窺《うかが》っているのがわかったので、白線から大袈裟《おおげさ》に一歩下がって「この電車には乗らない」という意思表示をする。

本当は発車ベル間際に乗る素振りを見せてからかおうかとも考えていたのだが、アルクェイドの表情を見るにそんな余裕はなさそうだったので自重することにした。

それからまもなくして、本命である急行列車の入線アナウンスが流れ始めたので、今度は白線の手前まで大きく一歩踏み出してアルクェイドに心の準備を促す。

ホームの端に陣地を構えていた人達のお目当てもどうやらその車両だったらしく、入線アナウンスが流れる一分以上前には談笑を止めて、真剣な顔付きでそれぞれ自慢のカメラに張り付いていた。

せわしないシャッター音に迎えられながらホームに入ってきた急行電車は、普段乗っている電車と比べて別段変わった様子もないように見える。

しかし、カメラを構えていた人達は一様に小さくガッツポーズを取ったり嬉しそうに握手を交わしたり、とても良い表情をしていた。


急行に乗り込み、ドアに寄りかかりながら、車窓を流れ去ってゆく風景を眺める。

車内は充分に空いていて座席に座ることもできたのだが、座ってしまうとアルクェイドが乗っている隣の車両の様子が確認し難いので立っていることにした。

バラエティ豊かな車内広告を眺める振りをしながら、隣の車両の様子をさり気なく伺うと、アルクェイドも考えることは同じなのか、反対側のドアに寄りかかって外の景色を眺めているようだった。

一級河川を跨《また》ぐ長い鉄橋を越える際、それまで影になっていた街並みが一瞬途切れ、傾きつつある太陽の光がまともに射し込んでくる。本来なら忌避すべき陽の光を目を細めながら見つめている吸血姫の姿は、異様であるが故に言い様のない美しさがあった。

時間が経つにつれ、車窓に流れる風景が微妙に色合いを変えてゆく。それまで判を押したように並んでいたコンクリートの街並みが次第に疎らになり、木々の緑色が混じり始める。緑はやがて鬱蒼《うっそう》とした森となって、目的地が近いことを知らせていた。

街中に突如現れた森の中央には、車窓からでもよく見えるほど白く巨大な建造物が佇んでいる。さらに目をこらせば、木々の間に鮮やかな色で塗られたレールが見え隠れしているのがわかるだろう。俗に「森の遊園地」とも呼ばれる、ここが今回の目的地だった。

三十分近くの間に先行していた各駅停車を三本ほど追い抜いて、遊園地の名前がそのまま付けられた駅に電車が到着する。元々その遊園地は、今まで乗っていた鉄道会社が経営母体となっている系列会社の一つだ。そのため、駅に設けられた専用改札を抜ければ、連絡通路を少し歩くだけで入場ゲートに辿り着けるような仕組みになっている。

色あせた装飾や懐かしいアニメのキャラクターなどが所々にあしらわれた連絡通路を、はしゃいだ様子の子供達が我先にと嬌声をあげてゲート目指して駆け抜けてゆく、「こら、待ちなさい」とそれをたしなめる両親も、表情は笑っていた。かくいう自分も久しぶりの感覚に年甲斐もなく心を躍らせている。ゲートの向こうから漏れ聞こえてくる楽しげな声や音楽、遊園地という特殊な空間がすべての人の心を穏やかにしているようだ。窓口でチケットを購入し、一度ゲートをくぐれば、そこはもう別世界だった。

想像以上に活気に溢れる園内の雰囲気に圧倒される。もう少し閑散としている様子を想像していたがとんでもなかった。どうやらこの遊園地を過小評価していたようだ。

いかに休日とはいえ、もうすぐ夕方になろうという時間になっても、園内にはかなりの人出があり、行列を作っているアトラクションも複数見受けられる。

あまりの人の多さと、あちこちに配置された物珍しいアトラクションにアルクェイドは目を白黒させている。無理もない話だった。久しぶりに訪れる遊園地は年月の流れにふさわしい進化を遂げていて、かつて訪れたことのある志貴ですら想像もつかないほど様々なアトラクションが追加されていたのだ。

入場ゲートのカウンターに置いてあった無料配布の小冊子と腕時計を交互に見比べて志貴は今後の動き方を検討することにした。その小冊子には、アトラクションの一覧と簡単な解説、星の数で示されるそれぞれの「おすすめ度」と参考待ち時間、簡単な地図などが載っている。

予想を遥かに超える混雑ぶりや小冊子に載っている待ち時間を考慮すると、限られた時間で楽しめるアトラクションは意外に少なくなってしまいそうだった。「適当に空いているアトラクションに片っ端から乗ればいい」という当初の浅はかな計画は、あっさりと打ち砕かれてしまっていた。こんなことなら最初から遊園地に直行していればよかったかもしれないとも思うが、それはあくまで結果論にすぎないし、過ぎてしまったことだ。

今の状況で空いているアトラクションといって目につくのは、ゲームセンターの延長のようなミニゲームや、デッドヒートとは無縁なレール式のゴーカート、小学校時代に来たときからキャストが変わっていない（むしろ、まだあったのかと驚かされた）ロボットミュージカルといった明らかに不人気な物ばかりだ。

このレベルの物でも恐らくアルクェイドは喜んでくれるだろう。が、せっかく苦労してここまで連れてきたのだから、遊園地ならではのジェットコースターや観覧車、空中ブランコといった、いわゆる花形アトラクションを体験させてやりたかった。

小冊子をもう一度見返して、おすすめ度の高いアトラクションを星の多い順から幾つかピックアップする。星の数は五つが最高で、全部で三十七あるというアトラクションのうち、五つ星を与えられたアトラクションは観覧車の「ギャラクシー」にジェットコースター「バレットタイム」空中ブランコ「グレートタイフーン」と海賊船「ゴールデンハインド」の四つだった。

中でも一番人気と紹介されているバレットタイムが丁度近い位置にあるらしいので、そこから並んで回ることに決めた。後は行列の並び具合や時間と相談しながら、乗れる限りの五つ星アトラクションを制覇するつもりだった。時間的に見て四つとも乗り終える頃には日が暮れ始めているだろう、もし時間に余裕があるなら他のアトラクションを回ってもよいかもしれない、そんなことを考え始めていた。

さすがに一番人気と謳《うた》うだけのことはあり、バレットタイムに並ぶ人の列はかなりの長さになっている、次々と人が並び、列が形成されて行くことでアルクェイドと自然と距離を取ることができるのが、こちらとしては非常に有難かった。列に並んでいるのは家族連れや恋人同士がほとんどで、男一人で並ぶというのは正直余り居心地の良い物ではなかったが、アルクェイドのためだと思えば我慢することができた。

周囲は、早速列に並んでいる謎の金髪美女について、声を潜めて様々な憶測を巡らせ始めている。小冊子に記載されている「二十分から三十分程度」という参考待ち時間はそれなりに正確なデータらしく、歪んだ優越感に浸るのもそろそろ飽きてきた頃になって、ようやく自分の乗る順番がやってきた。

ジェットコースターに乗るのは久々だった。以前ここで乗った物とこれから乗ろうとしているバレットタイムは全く別物のようだが、運動エネルギーを利用したレールコースターという基本的な構造が変わらない限り、体感的な違いはさほどないだろう。

しかし、乗って三十秒で、自分の考えの甘さに懺悔したくなった。

高度に発達した技術を、間違った方向に全力で投入すると、とんでもない物ができる。今乗っているバレットタイムがまさにそれだった。

乗客の表情が一部の例外を除いて一様に強張《こわば》っているのは、相対速度で強制的に風速が上がっている向かい風のせいだけではないだろう。

三半規管の耐久限界テストでもさせるつもりなのか、シャトルループやコークスクリューが複数連なり、普段の生活では決して体験できないような強烈なGが、あらゆる方向からほぼ常時掛かり続けるコースレイアウトは正気の沙汰じゃない。

始めのうちは喜びの成分が多かった叫び声も、次第に悲鳴の割合が多くなり、最終的には半数近くが声をあげることすらできなくなってしまう。このコースターの設計者はニューメキシコの涸《か》れ谷でプルトニウムの光に魅せられた科学者達と同種の人間に違いなかった。

この手の絶叫マシーンが好きな人ならあっという間、駄目な人なら無限にも感じられるであろう三分弱のコースを終え、コースターがプラットホームに戻ってくる。乗客の表情から察するに、感想は満足三割、後悔七割といったところだろうか。勿論、志貴はその七割の内の一人である。

空気圧でしっかりと固定されていた安全装置が解除されたのを確認して、おぼつかない足取りでコースターを降りる。ほどよくシェイクされ、いまだにフラフラする頭でアルクェイドの姿を探す。が、搭乗を今か今かと心待ちにしている待機列の中に、アルクェイドの姿はなかった。

列の先頭に立っているのはアルクェイドより少し後ろに並んでいた男性だった。短く切り揃え、鮮やかな緑色で染められた独創的なヘアスタイルを「ミドリ君」と勝手に名付けて目印代わりにしていたのでよく覚えている。その彼が、待機列の先頭にいる。つまりそれは、アルクェイドは既にバレットタイムに乗り込んでしまった後だということを意味していた。

もし、アルクェイドがまだ列に並んでいるようなら、形振《なりふ》り構わず止めることさえ考えていたのだが、すべては後の祭りだった。乗る前までは歪んだ優越感に浸っていて気がつかなかったが、あちこちにそれとなく警告を促すパネルが掲示されてさえいたのだ。何もかもが遅すぎた。

ジェットコースター初体験の相手がバレットタイムでは荷が勝ちすぎている。いきなりこれでは楽しい思い出どころの話ではない。知らなかったとはいえ、明らかな選択ミスだった。

楽しませるのが主眼なのに、怖がらせてどうする。

のっけからホスト失格である。なまじ張り切っていただけに、のしかかる責任は重かった。よほどひどい顔色をしていたのか、係員に心配されてしまったほどだ。

一方通行になっている階段を下りていると、あはははははははははは—、というどこかで聞いたことのある笑い声がプラットホームに戻ってきた。どうやらこちらの危惧をよそに、大層喜んで頂けたらしかった。

広大な敷地のほぼ中央に鎮座する観覧車「ギャラクシー」は、かつて日本最大の大きさを誇っていた、いわばこの遊園地のシンボル的な存在だ。

新興勢力に「日本最大」の座を奪われてからも、イルミネーションの導入やゴンドラの質感向上等々、日々創意工夫を重ね続け「日本最大級」の観覧車として、今もなお訪れる人々を楽しませている。

実際、こうして傍に並んでいるだけでその偉容には驚かされる。

直径八十メートルを超える巨大な環に取り付けられた最高四人乗りのゴンドラは、約十八分かけて一周する間に最大で高さ九十三メートルにも達し、自然と街とが適度に混在したこの辺りの眺めを一望できるようになっている。以前、初めてこの観覧車に乗ったときに見た光景と感動を、是非アルクェイドにも味わわせてやりたかった。

二つ折りにしてポケットに入れていたため、よれよれになってしまった小冊子によれば、天気さえよければ遥か遠くの山まで見渡せるという昼間の景観もさることながら、夕焼けに紅《あか》く染まる川の水面や街並みを見ることができる夕方、ギャラクシーの名に相《ふさ》応《わ》しく、星空を模したイルミネーションが点灯し夜景を堪能できる夜間と、それぞれの時間帯にそれぞれの楽しみ方が用意されているらしかった。ご丁寧なことに「一日滞在するつもりなら、是非三回乗ってみては？」なんて煽《あお》り文句まで付いている。道理で日が大分傾いてきた今の時間帯になってもそれなりに盛況なわけだ。

しかも、間の悪いことに夕方以降の時間帯の列はカップル率が異様に高かった。

カップルの数が圧倒的に多いせいで、順番待ちの列も当然のように二列で形成されている。恐らく一人で列に並んでいるのは志貴とアルクェイドぐらいのものだろう。先だってバレットタイムに並んでいた時とは列の質が全く違っていた。

正直言って、一人でこの列に並ぶのは苦行に近い。もし気の利いた罰ゲームのアイディアを誰かに求められるようなことがあったら、志貴は迷うことなくこの状況の再現を提案するだろう。

アルクェイドはいい。アイツ自身こういうことには頓着《とんちゃく》しないだろうし、あの通りの外見で注目こそ浴びているが、外国人女性が一人観光か何かで並んでいる「ちょっと珍しい光景」程度にしか思われていないだろう。しかし、志貴は違う。いい歳《とし》をした若い男が、ぽつんと一人で観覧車の順番待ちをしている光景は、異様としか言いようがない。

ジェットコースターに並ぶ人が求める物はスピードのスリルと快感であり、それらは一人でも味わうことができる。故に、一人で並んでいても何ら不自然ではなかった。

ならば観覧車に並ぶ人が求める物は何か？　高さ？　それとも景観だろうか？

少なくとも、今の時間帯に並んでいる人々が求めているのは、高さや景観ではなかった。そんな物で喜ぶのは、幼い子供かアルクェイドくらいのものだ。彼らが求めているのはなんのことはない。「二人きりの空間」だった。高さや景観はそれを彩る要素でしかない。四人まで乗れるはずのゴンドラに二人ずつしか乗らないのが何よりの証拠だ。

この列の中で志貴だけが明らかに一人浮いていた。

それは、物凄いプレッシャーだった。ヌルヌルとした嫌な汗が手に滲《にじ》み、胃がキリキリリと痛む。被害妄想に違いないとわかってはいるのに、前後に並んでいるカップル達の囁《ささや》きが、すべて自分を憐《あわ》れみ、あるいは嘲《あざけ》っているように聞こえる。いっそのこと、すべてをぶちまけて弁明したい気分になる。

「自分は一人じゃない、あそこに並んでいるアルクェイドと一緒なんだ」と。

できるはずがなかった。そんなことをしたら、今までの努力とこの後の予定がすべて水の泡になってしまう。

ゴンドラは次々とカップル達を飲み込んで、一周十八分間の特別な空間を作り続けてゆく。ゆっくりとではあるが、列は着実に進み続けていて、志貴はもう係員の姿が見える位置まで来ていた。

安全のため、中からは決して開けられないようになっているドアを開けて、いかにも対外的な笑みを浮かべた男性係員が、次々とカップルを案内してゆく。いよいよ志貴の前に並んでいるカップルがゴンドラに乗り込む段になって、係員の動きが一瞬止まった。

「ご一緒ですか？」

果たして、その問いはどちらに向けられたものなのかわからない。が、

「いや、自分一人です」

志貴はそう、簡潔に答える。ここまで来ると我ながらたいした物で、羞恥《しゅうち》や躊躇《ちゅうちょ》はさほど感じなくなっていた。

「どうぞ、空の旅をお楽しみください」

係員は、憐れんでいるのか、それとも同じ境遇にある同志を励ましているのか、どちらとも形容しがたい微妙な表情を浮かべながら、全員に掛けているお決まりの台詞《セリフ》と共にドアを開けてくれた。

「報われない役回りだよな……」

大人四人が余裕を持って座れるほど広々としたゴンドラの中で、志貴は一人呟いた。アルクェイドのためを思えばこそ、こんな役回りも厭《いと》わないんだ。と、かっこつけてはみても、ただついてきているだけのアルクェイドはそうとは思ってくれないだろう。

無理な望みだというのはわかっているけれど、ねぎらいの言葉一つ貰えないのは確かに不公平な話ではある。

意外にクッションの効いた椅子に膝《ひざ》を立て、身を乗り出すように下の様子を覗き込むと、ちょうどアルクェイドの順番が来たようだ。本当に楽しそうな様子でゴンドラに乗り込むアルクェイドの姿を眺めていると、それまで考えていた些細なことがどうでもよく思えてしまうのは、惚れた男の弱みという奴なのだろうか。

アルクェイドの笑顔は、充分苦労に見合う報酬なのかもしれなかった。

乗り込んでから既に数分が過ぎ、ゴンドラはかなりの高さに到達しようとしていたが、アルクェイドの姿を見つけることは容易《たやす》かった。夕日の影響で赤みがかった金色の髪が単純に目立つからなのか、アルクェイドに対する想いが視線を自然に彼女へと導くのか。

願わくば、後者であってほしいと思う。ほんの数時間前、ふとした偶然からアルクェイドの姿を見つけることができたからこそ、今、自分達はここにいる。そのことに何か特別な意味を与えたかった。

もし、あの時アルクェイドを見つけることができなかったら、こんなに充実した休日を過ごすことは有り得なかったのだ。

そんな感慨に浸っていると、どんな手段で管理しているのかはわからないが、ゴンドラが頂点付近に辿り着く旨の音声アナウンスが室内に流れ始めた。

簡単な観光案内も兼ねているらしく、近隣の住民でも聞いたことがないような名所や史跡の説明が織り込まれたアナウンスを、おそらく殆どの乗客がそうするように軽く聞き流しながら、志貴は夕日に染められた街並みを眺める。

なるほど、小冊子の紹介文はあながち誇張でもないらしい。遊園地自体を囲むように茂っている森と、人工の街との奇妙なコントラストに夕焼けの茜色《あかねいろ》が相まって、その景観は想像していたよりも胸に迫るものがあった。

時間的に、ちょうど今ぐらいがベストなのかもしれない。

きらびやかなライトアップと夜景を楽しむにはまだ明るすぎたし、かといって昼間の光の下では景観にここまで深みが加わることもなかっただろう。成り行き任せとはいえ、この景色をアルクェイドと共有できたことが、単純に嬉しかった。

観覧車を降りて、近くのベンチからアルクェイドの乗るゴンドラの様子をうかがう。先に降りた自分の姿を探してくれていたのか、ちょうど間の悪いことにアルクェイドがこちらを見ていた。ほんの一瞬、目が合った、ような気がした。

即座に視線を逸らす。気がつかれただろうか、確信は持てない。まさか本人に聞く訳にもいかない。どうする、どうしようもなかった。アルクェイドがゴンドラから降りたことだけを横目で確認して、志貴はそそくさとその場を離れた。

日が大分傾いてきたこともあって園内の客層が微妙に変化を見せていた。丸一日楽しんで満足した家族連れの割合が減り、ライトアップされたアトラクションをこれからが本番とばかりに楽しもうとするカップルが増えているようだ。家族三割にカップルが七割と言ったところだろうか、その人並みの間を縫うように速足で歩き、志貴はアルクェイドの姿を探していた。

いつの間にかアルクェイドの姿が見当たらなくなっていた。

気がついたのはつい先程のことだ。観覧車に乗る前まではさりげなくやれていた後方確認が、中々できないでいた。気づかれてしまったかもしれないという思いが、後ろを振り向くことを躊躇させていたのだ。反射で確認する方法も日がすっかりと傾いていて、有効性を失っていた。

そんな時、たまたますれ違った女の子が何に躓《つまず》いたのか派手に転んだ。泣き出してしまったその子を助け起こすふりをして、後ろの様子を見回す。何度見回しても、あれだけ目立つアルクェイドの姿を見つけることができない。その時、既にアルクェイドは志貴の後をついてきてはいなかった。

　幸い、女の子にこれといった怪我はなかった。迷子かとも思ったが、家族と一緒に来ていて、待ち合わせの時間に遅れるから急いでいたらしい。ぺこりとお礼をして走り去る女の子に手を振りながら、志貴は自分の迂闊《うかつ》さを呪った。このデートはアルクェイドに気づかれた瞬間に終わってしまうというのに、自分から幕を引いてしまった。

　それからは形振り構っていられなかった。未練たらしくアルクェイドの姿を探し、名前を呼ぶ。まるで恋人に逃げられた哀れな男の代表のように園内をみっともなく駆けずり回っても、アルクェイドを見つけることはできなかった。

　さすがに歩き疲れて、志貴はベンチに座り込む。アルクェイドを探し回っているうちに、日はすっかりと暮れていて、今は派手な電飾に彩られたアトラクションが辺りを煌々《こうこう》と照らしている。志貴が座っている辺りは、ちょうど二階建てのメリーゴーラウンド「ホイール・オブ・フォーチュン」のそばだったため、夕方よりも明るいくらいだった。

　周囲の明るさとは裏腹に、志貴の心は暗かった。自分の不注意と油断ですべてを台なしにしてしまい、自己嫌悪に陥っていた。

「お兄ちゃん、お兄ちゃん」

　目の前に、さっきの女の子が立っていた。女の子は肩に掛けた小さな赤いポシェットから、小さな紙片を取り出す。

「これ、綺麗な外人のお姉ちゃんから、渡してって、頼まれた」

それは大道芸人が配っていたチラシを手紙のように折り畳んだ代物らしかった。賑《にぎ》やかな文字が印刷された余白に「志貴へ」と書いてある。

「ありがとう」

志貴が心から礼を言うと、女の子はえへへーと照れた様子で、とてとてとホイール・オブ・フォーチュンの列へ走っていった。どうやら家族で列に並んでいたらしく、両親と思われる男性と女性が志貴に会釈《えしゃく》していた。

二人に丁寧に会釈を返し、チラシで折られた手紙を開封する。チラシは裏面が白紙になっていて、そこには「思い出の公園で、かつて約束した時間に」とだけ書かれていた。

◆

かつての賑わいを取り戻しつつある繁華街から少し離れてしまえば、そこはもう静寂が支配する世界だった。昼間はあれほどあった人の姿が、今は驚くほど少ない。

特別な事情があるか、よほどの変わり者でもない限り、この街で日が落ちた後に好き好んで出歩く人間はいなかった。数カ月前、世間を盛んに騒がせた原因不明の連続失踪事件は、その主な舞台となったこの街に、いまだ深い爪痕《つめあと》を残しているのだ。

すべての元凶であるロアが消滅したことによって、失踪事件を引き起こしていた吸血種はすべて根絶され、事件は既に解決していた。

　とはいえ、街に住む人々は事件が解決していることを知らない。事件の解決からそれなりの月日が経ち、新たな犠牲者が増えることもなくなった今でもだ。知りようがなかったというのが正しい。事件を引き起こした犯人が捕まっていないのだから当然の話だ。

　真相が常人の理解の範疇《はんちゅう》を超えている以上、この事件は永遠に原因不明の未解決事件のままだった。決して実ることはない警察の懸命な捜査と、この先も決して見つかることのない行方不明者の捜索は、今もなお続けられている。

　犯人が捕まるまで、人々が安心して夜の街を歩くことはできないだろう。しかし、この事件を引き起こしていた犯人は既に存在しない。

　人々が夜の恐怖を克服するには、いるはずのない犯人の影に怯えながら、忌まわしい記憶が風化するのを待つしかない。それにはもう少し時間が必要だった。

　人気のない公園、広大な敷地のほぼ中心にある噴水の傍らに設置されたベンチに、志貴は一人座っていた。

　空に懸《か》かる月が、白く冷たい光を放ち辺りを照らしている。空には光を遮る雲一つなく、限りなく真円に近いその神々しい姿に目を奪われそうになる。

　辺りはしんと静まりかえっていて、ポンプが止められてもなお僅かに湧き出す水が、チョロチョロと音を立てているのが聞こえるほどだ。

　腕時計を確認する、時間は「かつて約束した時」と同じ午後十時。

カツン……と、微かに石畳を叩く足音が聞こえた。音のした方向を見れば、そこには満月の光を余すことなく受けたアルクェイドがその姿を現していた。

志貴は、思わず息を呑んだ。

美しい、と言う表現はとっくに超越している。人知を超えた何かによって生み出された、まさに「奇蹟」としか言い様のない存在が、そこには立っていた。金糸《きんし》のような頭髪とハイネックの上質なウールが、月光をやんわりと捕らえてキラキラと燐光《りんこう》を発しているようだ。光のベールを纏《まと》ったその姿に神々しさを感じずにはいられない。眩《まばゆ》いまでの姿と対照的に、俯いているせいか影を帯びた表情が、その神秘性に更なるアクセントを加えていた。寒空に真白く浮かぶ月、その寵愛《ちょうあい》を一身に受けて静かに佇むその姿は、まさに月の姫君と呼ぶに相応《ふさわ》しい。

視線はとっくに奪われていた、釘付けといってもよかった。俯き気味だったアルクェイドが顔をあげ、視線が交差する。暗がりにあってなお新雪を思わせるほど白い肌に、紅玉のように赤い瞳が映えた。

「アルクェイド……」

圧倒的な存在感に気圧されるのか、そこから先の言葉がなかなか出てこない。

何から話そう、話したいことはたくさんあった。

映画は面白かっただろうか？

映画を観た後で、内容についてああでもないこうでもないと語り合う。それは間違いなく映画の醍醐味《だいごみ》の一つだ。細かいところで内容をあまり覚えていない部分もあるが、大まかな筋は押さえているので話が噛み合わないということはないだろう。むしろ、話の上で記憶があやふやな部分をアルクェイドに説明してもらうのも面白いかもしれない。

おそらく初めて行ったに違いない遊園地の感想も聞きたかった。

あんなに笑っていたバレットタイムは怖くなかったのだろうか、酔ったりはしなかったのか、そもそも真祖は乗り物酔いするのだろうか。

そうだ、観覧車からの眺めはどうだったろう、自分と同じような感慨を抱いてもらえただろうか。

何より、今日という日は楽しかっただろうか？

ホスト役として、純粋に評価が聞きたかった。

ようやく目を見て言葉を交わせる距離にアルクェイドが出てきてくれた。距離にすればおよそ十メートルほどだろうか、つい数時間前までの二人の距離に比べれば、それは「手の届く距離」と言っても差し支えなかった。

喜び、驚き、そして戸惑い。それまで抑えつけていた様々な感情が湧き上がり、聞きたいこと、かけたい言葉は幾らでも浮かんでくる。

それなのに、言葉は溢れ出るどころか、全く出てこない。

初めは、聞きたいことやかけたい言葉が多すぎて、混乱のあまりうまく言葉を発することができないだけだと思っていた。ところが、そうではなかった。

思考に行動が追随しないのだ。

脳と器官とが完全に分断され、声帯を震わせることすらかなわなくなっていた。身体が言うことを聞かない、両手両足は当然のこと、思いつく限りのありとあらゆる器官に信号を送るが、いずれも反応はなかった。どうしようもない不安感を払拭《ふっしょく》しようと、思考だけが空転を続ける。

何かがおかしい、空気が、纏わりつくように重い。

アルクェイドは能面のような表情を張り付けたまま、押し黙っている。

その瞳の色は、いつの間にか黄金色に変化していた。志貴の身体はアルクェイドの魔眼によって縛られていた。

「どうして……」と、問うことさえできない。どうしようもない無力感が志貴をおそう。

ゆらりと、それまで身じろぎ一つしなかったアルクェイドが動き始めた。

空回りを続ける思考が脳の働きを活性化させ、神経が研ぎ澄まされているのか、その動きは非常に緩慢《かんまん》な物に見える。身体を小さく左右に揺らしながらゆっくりと近付いてくるアルクェイドの姿はあまりに異様だ。

虚しさと、それ以上に悔しさがこみあげてくる。涙腺《るいせん》への信号が分断されていなければ、間違いなく涙が零《こぼ》れているだろう。

こんなことをしなくても、俺は逃げないのに……

血が欲しいと言うなら、幾らでも飲ませてやるつもりだった。アルクェイドがそばに

いてくれさえするならどんな犠牲だって厭《いと》わない。あの日、誰もいない夕方の教室で最後の会話を交わした時から、その思いはずっと変わっていない。

そんな申し出を、苦しさに耐えながらも「好きだから、吸わない」と笑って姿を消したのはアルクェイド、お前じゃないか。

その言葉があったから、お互いに思いが伝わったという確信があったからこそ、別れさえ受け入れることができた。アルクェイドのいない、物足りない日々に耐え、一人寂しい夜を乗り越えてこられた。

二人で過ごした僅か二週間という短い間の思い出は、宝石のように美しく、永劫不変《えいごうふへん》な記憶へと昇華して、今も志貴の心の中で大きな位置を占めている。

それが今、無残にも崩れようとしていた。

目の前にいるのは、志貴がかつて愛し、そして今も愛し続けているアルクェイドではなかった。何がそんなに楽しいのか、いつもにこにこと笑顔を浮かべていた面《おも》ざし、くるくると猫のように気まぐれに表情を変える深いルビー色の瞳、そういったアルクェイドをアルクェイド足らしめる要素が一切欠けていた。

これがアルクェイドであってたまるものか。

当事者以外の手で、二人だけの大切な思い出が穢《けが》されようとしている。なのに自分は、それを手をこまねいて見ていることしかできない。

耳を塞ぐことも目を瞑《つむ》ることも許されない、それは、もはや拷問だった。

この仕打ちはあんまりだ。あの日別れた時でさえ、身を切り裂かれるような思いをしたというのに、何故またこんな仕打ちを受けなければならないのだろうか。

こんなことになるなら、二度と会えないほうがどんなにかよかった。

アルクェイドの姿をしたそれは、もうすぐ手の届きそうな距離にまで近付いてきていた。金色の瞳は虚《うつ》ろで、まるで底の見えない井戸を覗き込んでいるような感覚にとらわれる。整った容貌が逆に不気味さを際立《きわだ》たせていた。

ドクン……と、七夜の血が騒ぎ始めた。

(アレを殺せ)

そんなこと、できる訳がない。アルクェイドは殺せない。

(だからお前は甘いんだよ、遠野志貴。アレはお前の愛したアルクェイドじゃない。さっきまで自分でそう言ってたじゃないか。殺さなければ、殺される。ならば殺される前にアレを殺せ)

そうなっても構わない。なにも死ぬと限った訳じゃない、アルクェイドは真祖だ。真祖に血を吸われるなら、運がよければロアのような死徒にだってなれるかもしれない。そうなればアルクェイドと同じ時間を生きることだってできるだろう。ロアが歪《ゆが》んだ愛情でアルクェイドに何百年と固執し続けたのなら、逆に自分は何百年とアルクェイドのそばにいてやろう。考えようによっては案外悪くない話だった。

後数歩というところで、アルクェイドの歩みが止まった。やけに荒い息遣いの一つ一つさえはっきりと聞こえてくる距離だ。低くくぐもった唸《うな》り声のような音が聞こえる。余程苦しいのか、能面のようだった表情は、今や苦悶《くもん》に歪んでいた。

　不意に、あの日教室で聞いたアルクェイドの言葉を思い出す。

「ロアを倒し、完全に力を取り戻しても、もう吸血衝動は抑えられない」

　おそらくアルクェイドも懸命に吸血衝動と戦っていたに違いない。無理だとわかっていても、最後の最後まで自分のために抵抗してくれているのだ……それがわかっただけで充分だった。

「もういいんだ、アルクェイド」当然、言葉にはならない。

　わだかまりは完全に消えていた。もし身体の自由が利くなら、そのまま抱きしめてやるのだが、それができないのが多少残念ではあった。

(アレを殺せ、アレを殺せ、アレを殺せ、アレを殺せ、アレを殺せ、アレを殺せ、アレを殺せ、アレを殺せ、アレを殺せ、アレを殺せ、アレを殺せ、アレを殺せ)

　七夜が沸き立つ。滑稽《こっけい》だな、指一本動かせないくせに、やれるもんならやってみろ。

(アレを殺せ、アレを殺せ、アレを殺せ、アレを殺せ、アレを殺せ、アレを殺せ、アレを殺せ、アレを殺せ、アレを殺せ、アレを殺せ、アレを殺せ、アレを殺せ)

　きらりと、光る物があった。光はアルクェイドの頬《ほお》を伝って地面へ落ちる。

　一滴、二滴、三滴……滴は次第に流れとなり、次々と石畳に吸い込まれてゆく。

　アルクェイドが、泣いていた。

（アレを殺せ、アレを殺せ、アレを殺せ、アレを殺せ、アレを殺せ、アレを殺せ、アレを殺せ、アレを殺せ、アレを殺せ、アレを殺せ、アレを殺せ、アレを……）

「五月蠅《うるさ》い！　黙れ！」

物音一つなかった公園に、苛立《いらだ》ち交じりの怒鳴り声がやけに響いた。声に反応したのか、威嚇《いかく》するような野良犬の遠吠えが聞こえる。

咽喉《のど》が、震えていた。突然の大声に怯《ひる》んだのか、刹那、魔眼の束縛《そくばく》が緩む。一瞬の思考の空白。身体はもう動かないものと諦《あきら》めていたせいか、志貴の反応が僅《わず》かに遅れる。

それを七夜は見逃さなかった。

志貴の意識に先んじて、体中の筋肉のコントロールを、七夜は一瞬で掌握《しょうあく》する。

全力で地面を蹴り、七夜は後ろへ飛び退く。そうして距離を取ると同時に左手は魔眼《メガ》殺《ネ》しを外し、右手は一切無駄のない動きでポケットに忍ばせていた短刀を抜いていた。

それはまさに無意識下に擦り込まれた流れるような動きだった。

視界に死の切欠が満ちる。歪《いびつ》な皺《しわ》だらけの世界。脆く壊れやすい世界が、その弱点をさらけ出す。

着地と同時に構えを取り、自らの姓が刻まれた短刀で、直死の魔眼が描き出す死の線を見出だそうとしたところで、七夜の動きが止まった。

諦めたのか、身体のコントロールがようやく志貴の下に戻ってくる。魔眼の縛りも、完全に解けているようだった。

「だから言っただろう、アルクェイドは殺せないって、アイツめ、全力で死を視《み》ようとしやがって……」

ガンガンと中で鐘を鳴らされているように痛む頭を軽く振りながら、志貴はパチンと仕込み短刀の刃をしまい、魔眼殺しを掛けなおす。

辺りに満ちていた皸《ひび》が一斉に消失する。泣いているアルクェイドの姿だけは、掛ける前も掛けた後も変わらない。

七夜が当惑するのも無理はなかった、満天の月と大地の寵愛を受けるアルクェイドには死の線の一本すら見出だすことができなかったのだから。

「ごめんね……本当に、ごめん」

アルクェイドが泣いている。時折混じる嗚咽《おえつ》が胸を締めつける。女の涙は何故こうも容易く男を狼狽《ろうばい》させるのだろう。何をしたらいいのか、どう声をかければいいのか、全くわからない。ただ「何かしてやらなければ」という焦りだけが空回りを続ける。この手の経験が乏しい志貴には、こんな時に相応しい気の利いた台詞など浮かぶべくもない、となれば行動で示すしかなかった。

それにはとにかく、七夜が飛び退いたことによって広がった距離を再び縮めなければどうしようもない、今度は自分からアルクェイドに歩み寄ろうとする。と、

「駄目！　来ないで！」

強い口調で止められ、志貴は困惑する。

「どうして……」

壊れそうなくらい強く抱きしめてやりたいのに、桜色の唇にキスしてやりたいのに、ルビー色の瞳から零《こぼ》れた涙の跡を拭いてやりたいのに、金色の髪をくしゃくしゃと撫でてやりたいのに……。

「月の力を借りれば、何とか抑えられると思ったんだけど。やっぱり無理だったみたい、志貴の姿を見かけた途端、正気を失っちゃった。ホント、駄目だね。怖い思いをさせちゃってごめんなさい」

ぽつぽつとアルクェイドが喋り出す。この感覚は、あの時と同じだ。夕焼けの教室、近寄ることを許さない、深い断絶。もう二度と、あんな思いはしたくないのに。

「それ以上近付かれたら、またさっきと同じことの繰り返しになっちゃう、そうなったら次は多分吸血衝動を抑えきれないと思う。月が真上に来て志貴が少し離れてくれたから、今だけは何とか抑えられてるけど、それも時間の問題。だから志貴、今のうちに逃げて」

「そんな……せっかくこうして会えたのに」

言葉が詰まる。何か喋っていなければ、涙が溢れそうなのにその後の言葉が続かない。

「残念だけど、嬉しくもあるんだ。こんなふうにどうしようもなくなっちゃうのは志貴だけだから、志貴はやっぱり特別なんだよ」

そんな言葉、慰めにもならない。

「だから、逃げて……」

今も押し寄せる吸血衝動と戦っているのだろう、時折歪む表情を誤魔化《ごまか》しきれていない、無理に笑顔を作っているのが傍目《はため》にもわかった。そんな痛々しい笑顔を見せられたら、引き下がるしかない。それでも、言わずにはいられなかった。

「これじゃあ、またあの時と同じじゃないか」

アルクェイドは穏やかな笑みを浮かべる。

「全然違うよ、志貴」

それはぎこちなさのかけらもない、自然な笑みだった。

「私はあの時よりも、もっと幸せにしてもらったから」

「何でそんなふうに笑えるんだよ、俺はお前に何もしてやれてないのに」

「そんなことない、志貴は約束を守ってくれたよ、もう一度一緒にエイガを観ることができたし、いろんな乗り物にも乗ることができた。物凄い速くて、物凄い高くて……ユウエンチってね、本で読んだ時からずっと行ってみたいと思ってたんだ。あんなに楽しいところだったんだね」

やや興奮気味に今日の感想を語るアルクェイド、あらゆる苦しみが今だけは影を潜めているかのように、その表情は喜びに溢れていて、明るく、咲き誇る花を思わせた。

心底嬉しそうなその様子に、今まで朧《おぼろ》げで掴みどころのなかった充実感がふつふつと湧き上がってくる。苦労して連れ回した甲斐があった。そしてその苦労はアルクェイドの笑顔によって十二分に報われていた。

「そうか、なら良かった」

これ以上、自分勝手な我儘《わがまま》でアルクェイドに負担をかける訳にはいかなかった。一歩、また一歩と後ろに下がる。別れの時間だった。

「ありがとう……」

つらいことは確かだ、相変わらず身を裂かれるような思いではあるが、その痛みは以前ほどではない。二度と逢えないと思っていたアルクェイドとだって、こうして再び逢うことができたのだ。三度目《つぎ》がないとも限らなかった。だから、さよならは言わない。

「それはこっちの台詞だ」

アルクェイドに背を向けたのは、涙を悟られないためだ。立ち去ろうとして、志貴は大事なことを忘れていたのを思い出す。涙声にならないように両手を強く握り、ゆっくりと言葉を紡ぐ。

「あ、そうだ、ベンチに置いてある紙袋な」

「うん」

「プレゼントだから、俺のいないところで開けてくれ」

「え、あ、ありがとう」

「お返しはいつでもいいから、じゃあ、またな」

「ばいばい……」

右手を軽く挙げて、その場を後にする。人目のない夜は、溢れる涙を隠す必要がなくて有難かった。

お返しはいつでもいいから……か、咄嗟《とっさ》に思いついたにしては上出来じゃないか。

またアルクェイドに会えるように、そしてアルクェイドがまた会いに来れるように、適当な口実を作った自分の抜け目なさに、思わずにやりとしてしまう志貴だった。

志貴の姿が見えなくなるまで、アルクェイドはずっと手を振っていた。
その姿が遠ざかるほど苦しさは和らいでいくのに、今度は寂しさや悲しさといった感
情が強くなってアルクェイドを悩ませた。
後ろ姿が視界から消えて、強烈な吸血衝動はようやく落ち着きを見せていた。ふぅと
ため息を一つ吐いて、アルクェイドは緊張を解く。すると途端にそれまで強い負荷がか
かっていた体中のあらゆる器官が抗議の悲鳴を上げ、泥のような疲労感が襲ってきた。
まともに立っていられないような状態になり、そばにあったベンチに座り込む。
それは、ついさっきまで志貴が座っていたベンチだった。温《ぬく》もりがまだ残っているか
と思ったが、残念ながら座面は既に冷たくなっていた。傍らにはオレンジ色の小さな紙
袋がちょこんと載っている。志貴はプレゼントと言っていた。
「プレゼントか……」

その言葉の響きに鼓動が高鳴る。プレゼントを貰うなんて初めてのことだった。袋の中身が気になって仕方がない。一体中には何が入っているのだろう。

すぐに袋を開けて中身を確認したい衝動に駆られるが、もう少しだけ我慢することにした。なにもプレゼントは逃げる訳じゃない。折角の満月の夜だもの、体力の回復を待ちながら袋の中身についてあれこれと空想するのも悪くない。

それに、お返しも考えなくちゃならない。果たして志貴は何を贈ったら喜んでくれるのだろう。贈り物をあれこれと考えてはその反応を想像する。たったそれだけのことで胸が躍る。プレゼントとは貰うほうだけでなく、贈るほうもこんなに楽しい物なのか。

暖かい月の光と大地の力がゆっくりと流れ込んでくるのを感じながら、微笑みを浮かべたアルクェイドは、しばしベンチにもたれ物思いに耽《ふけ》った。

月姫

Blue Blue Glass Moon,
Under The Crimson Air.

第四話

翡翠／琥珀

text

貝花大介

illustration:Mushitenshi

志貴《しき》は目覚めつつあった。いつもどおりの朝、いつもどおりの自分の部屋なのだが、何か違和感がある。

（……？）

左腕が重い。柔らかな感触と心地よいぬくもりを感じる。右の手でさぐってみた。ふにふにする何かがある。さわるととっても気持ちが良くて、いつまでもなでていたくなりそうだ。

手を動かすと、一段とふにふにする場所があった。指がふにふににうもれてしまう。ためしに指をわきわきと動かしてみた。

「やん」

ふにふにがピクンと動き、すぐ近くで声がした。

「くすぐったいですよぉ」

誰かが志貴の腕枕で寝ている。女の子だ。シャンプーの甘い香りが鼻をくすぐる。目を開けると赤味がかった色の髪が見えた。

（この髪は、もしかして……）

女の子は顔をこちらに向けた。

「おはようございます」

翡翠《ひすい》だった。


翡翠は早足で志貴の部屋へ向かっていた。

(急がなければ)

毎朝、志貴を起こすのは自分の仕事なのだが、今朝は少し遅くなってしまったのだ。

志貴は寝起きが極端に悪い。いまだかつて期待どおりの時刻に起こせたことはない。が、だからといって遅れてよい理由にはならない。

(いつかきっと、ちゃんとした時間に起こしてみせる)

人形のような無表情の下で、ひそかな闘志を燃やしている。イメージ映像は「ボコボコになぐられているのに決してダウンしないプロボクサー翡翠」だ。

「翡翠、何やってるんだ!?」

混乱した。

翡翠は混乱しつつ周囲を見回した。いつのまにか志貴の部屋の前についていた。今の声は志貴だ。ドアの向こうから聞こえてきたらしい。

何かいけないことをしただろうか？　来るのが少し遅れてしまったが、そのことで怒られたのか？　しかし、それも数分のことだ。いけないのは別のことか？　他には心当たりは何もないのだが？　そもそもドアは閉まっているのに、志貴はどうやって翡翠がここにいることに気づいたのか？

とりとめのない疑問が土石流のように押し寄せてきた。一瞬のうちに頭がいっぱいになり、中古のパソコンのようにフリーズしてしまう。

志貴の部屋のドアが開いた。

中から誰かが出てきた。志貴ではない。伝統的なメイド服に身を包んだ緑の瞳を持つ少女——翡翠だ。

中から出てきた翡翠は、元から廊下にいた翡翠に気づいて固まった。今度は混乱しなかった。逆にすべての事情が飲み込めた。

（またなの……）

中から出てきたほうの翡翠は、悪びれもせず満面の笑みを浮かべた。

「志貴さんて、本当に寝起きが悪いのね。翡翠ちゃんが来る前に消えるつもりだったのに、予定より時間がかかっちゃった」

非難の気持ちをこめて言った。

「姉さん、いいかげんにして」

自分がふたりいるはずがない。中から出てきたのは琥珀《こはく》の変装に決まっている。

「志貴さんも起きたことだし、急いで朝御飯の準備をしなくっちゃ」

琥珀は小走りで逃げていった。

（姉さんてば、何度も何度も……）

迷惑な話だが、翡翠に化けて周囲を混乱させるのが琥珀のマイブームらしいのだ。

特に秋葉はだまされやすい。ニセ翡翠が翡翠らしくない言動をしても、それを疑わない。志貴は用心しているようだが、常に琥珀のほうが一枚上手で結局はだまされてしまう。

思わずため息がもれた。

「はぁ」

翡翠は志貴の部屋のドアをノックした。今のが自分ではないことを説明しなければならない。返事を待って中に入ると、朝のあいさつもそこそこに言った。

「あの、今のは……」

志貴に言葉をさえぎられた。

「わかってる。また琥珀さんだろ」

翡翠がうなずくと、志貴は苦笑した。

「驚いたよ。寝ぼけてたから、本当に翡翠かと思って。よく考えれば、翡翠があんなことをするはずないのに」

あんなこと？

（姉さんは何をしたんだろう）

志貴が朝から大声をあげるようなイタズラだ。よほどひどいことをしたに違いない。

「き、気にするな。たいしたことじゃない。だまされたのは一瞬だけだ。あれが本当の翡翠じゃないのはちゃんとわかってる」

なぜか志貴はあわてた様子で、少し顔を赤くしてたりする。

「気にするなと言われても……」

こういう態度をされたのでは余計に気になってしまう。

「いや、これはその……まあ、いいじゃないか。それより、着替えるから出ていってくれ。いそがないとまた秋葉にしかられる」

主人である志貴にそう言われてしまっては、メイドである自分がさからうわけにはいかない。追及したい気持ちを押さえつけ、翡翠はおとなしく引き下がった。

どんなイタズラだかまるで想像できなかったが、口にしにくいほどひどいイタズラだったということはわかった。もちろん、わかっただけで納得したわけではないが。

いらだちを感じた。

何が楽しくて琥珀があんなイタズラを繰り返すのか知らないが、いつも最後は翡翠のところにしわよせがくる。迷惑だからやめてくれと頼んでいるが、琥珀は耳をかさない。

そのうえ今日は一日の始まりの大事な日課をじゃまされた。

(志貴様を起こすのはわたしの役目なのに)

たとえちゃんと起きてもらえなくても、志貴に目覚めの時刻を告げるのは、翡翠にとって最も大切な仕事の一つなのだ。

もう我慢がならない。

（口で言ってわからないなら、別の方法でわからせてあげる）

やられっぱなしは終わりだ。翡翠は廊下の片隅に立ち止まり、琥珀への逆襲に決意を固めた。

◆

翡翠は玄関ホールの姿見の前に立った。自分の姿が写っている。青色のリボンでまとめた髪。地味な小紋の着物と白い割烹着《かっぽうぎ》。褐色のカラーコンタクト。

姉の琥珀にそっくりだ。表情以外は。

（わたしは琥珀……わたしは琥珀……わたしは琥珀……）

自分に言い聞かせた。

背筋をピンとさせた。いつもは下向きの視線を水平にする。くちびるを開き気味にしてかすかに前歯をのぞかせた。ほほに手を当てて数ミリほど持ち上げてみる。

なんとなく琥珀風だが、顔の端々がひきつっている。

（この顔、疲れる）

幼いころに封じ込めてしまった顔だ。長いこと使っていなかった表情筋がつっぱっている。

突然、背後から声をかけられた。

「琥珀さん、翡翠がどこにいるか知らないかな」

鏡に志貴の姿が写っていた。いきなりだったので、言われたことの意味を理解できるまでに時間がかかってしまった。

彼は琥珀に化けた翡翠を本物の琥珀だと思っているらしい。

(ど、どうしよう。まだ気持ちの準備ができてないのに)

心臓がバックンバックン鳴りだした。志貴の耳にも聞こえてしまうのではないかと、いらない心配をしたくなるほど大きな音だ。

鏡の中の志貴は怪訝そうな顔をしている。

「琥珀さん、どうかしたの?」

あわてて振り返った。

(わたしは琥珀……わたしは琥珀……わたしは琥珀……)

心の中で呪文を唱えつつ、いつもより高めの声を出した。

「ええと、その……なんでしょうか」

「なんだ聞こえなかったのか。さっきから翡翠を探してるんだよ」

思いつきでデタラメにこたえた。

「翡翠ちゃんなら、秋葉《あきは》様のお部屋ではありませんか」

「そうか。じゃあ秋葉に聞いてみよう」

「あ、それは……」

　志貴に「翡翠」を探し回られるのはうまくない。できれば自分の部屋でおとなしくしていてほしいところだ。

「おやめになったほうがよろしいかと」

「え、どうして？」

「それは、その……翡翠ちゃんのことを聞くと、秋葉様の機嫌が悪くなるような気がしなくもないかなぁ……なんて」

「そうかな」

　志貴は手をあごにあてて考え込んだ。

「…………」

　目をつぶって何かを想像している。きっと秋葉とのやり取りをシミュレートしているのだろう。

「…………」

　だんだん志貴の顔がけわしくなってきた。眉間にしわをよせ、額に脂汗を浮かべている。体がふるえだした。気がつけば、脂汗でビッショリだ。

「…………」

　恐い考えになったらしい。

「あ、あとにしよう」

それはともかく、変装には気づいていないようだ。完全にだまされている。心の中で胸をなでおろした。

「ところで琥珀さん」

志貴がマジメな顔でまっすぐに見つめてくる。

「風邪でもひいたのか？　なんだかいつもと感じが違うけど」

まずい、と思った。

「そ、そんなことないですよ」

「そうかな」

ごまかさなければ。

(何か話題を……)

とっさに思いついたことを口にした。

「け、今朝はタイヘンでしたね」

志貴は眉をひそめた。

「何をひとごとみたいに……。琥珀さんのせいじゃないか」

琥珀が翡翠に化けて志貴の部屋に行ったときのことだ。彼女が具体的に何をしたのか、琥珀に化けてる翡翠は聞いていない。なんとかごまかさなければ。

「もしも、本物の翡翠ちゃんが同じことをしたら、どうしますか？」

「な、なんでそんなこと聞くんだよ!?　翡翠があんなことするはずないだろっ」

激しい志貴の反応に驚いた。

(姉さん、いったい何をしたの⁉)

聞きたい。でも聞けない。

「だいたい最初は本物の翡翠だと思ってたんだ。だから余計に驚いたんだよ」

「そうなんですか」

イタズラの内容がわからないので、当たり障りのないあいづちしか打てない。自然と言葉が少なくなる。

いつもなら、こういうときは床を見つめて次の言葉を待つだけだが、今の自分は琥珀なのだ。

(何か言わなくちゃ)

しかし、言葉が見つからない。仕方がないので黙って志貴の顔を見つめていた。

「う……そんなににらまないでくれ」

何を勘違いしたのか、あわてて弁解し始めた。

「最初にさわってたのは寝ぼけてたせいだ。翡翠だと思ったからさわったわけじゃない」

さわった⁉

「どこにですか」

「そ、そんなの知らないよ。こっちは寝ぼけてたんだから。『なんだか温かくて柔らかくて気持ちがいいなー』とか感じただけで、どこにさわってたかなんて意識してなかったし……だいたい、琥珀さんがベッドに入ってきたりするからいけないんじゃないか！」

一瞬、頭の中が白くなった。

(志貴様のベッドにはいるなんて……)

信じられない。非常識にもほどがある。

ベッドの中で志貴に体をさわられる琥珀。いや、その琥珀は翡翠の格好をしていて、志貴は彼女を翡翠だと思っていたわけで……。

そのシーンを想像したら顔が火照ってきた。

「えっちです」

「う、そ、それは……すみません。わざとじゃなくて事故みたいものだから、許してくだ……」

志貴は急に言葉を切った。

「どうしました？」

と思ったら、一転していきなり怒りだした。

「なんで俺が謝ってるんだよ!?」

「さあ、どうしてでしょう」

本当にどうしてだろう。なんだか知らないが、志貴は勝手に赤くなって勝手に謝って勝手にキレたのだ。

「とにかく、あんなことはもう二度としないでください！」

何が「とにかく」なのかさっぱりわからないが、ひとまずうなずいておいた。

「はい、わかりました。もう二度としません」

望みどおりの返答を得たはずなのに、志貴は納得していない表情だ。恐い顔でこちらをにらんでいる。

「なんですか」

「口では『二度としない』なんて言いながら、実はぜんぜんそんな気ないんだろ」

姉さんならそうかもしれない、と思った。そして、そういうときは完璧な笑顔で本心を隠しながらこう答えるのだ。

「そんなことはありませんよ」

志貴はあきらめた様子でおもいっきりため息をついた。

「琥珀さんには言っても無駄なんだろうけど」

翡翠は心の中で激しく同意した。

「どうして姉妹でこんなに違うんだか」

志貴が翡翠と琥珀を比較している。

ドキ……ドキ……ドキ……ドキ……ドキ……。

恐る恐る聞いてみた。

「翡翠ちゃんのほうが良いですか」

「翡翠は最高のメイドです」

一瞬、心臓が止まりそうになった。期待していた答えとは微妙にずれていたけれど、そんなことはどうでもいい。最高のメイド——これ以上の賛辞があるだろうか。志貴がそんなふうに思ってくれるなら、他には何もいらない。

　ほほが熱い。

「なんで琥珀さんが赤くなってるんだ？」

「え……そ、そんなことないですよ」

　志貴はまじまじとこちらを見ている。

（まさか、バレたの？）

　何かを確信した顔つきで、彼はうなずいた。

「やっぱり風邪だな、琥珀さん」

　どうやら正体はバレていないらしい。翡翠はひそかに胸をなでおろした。

　その後、少し押し問答があった。「心配ない」という翡翠に、「部屋で休め」と志貴が言うのだ。何度か同じやり取りをくりかえしたあと、翡翠が「薬を飲むから」と言うと、志貴は安心して部屋に戻っていった。

　翡翠はなんとなく幸せっぽい気分で志貴の後ろ姿を見送った。背中が見えなくなったあとも、その気分は続いていた。同じ気分のまま振り返ると、秋葉が立っていた。

不意打ちだった。

「楽しそうね」

秋葉はほほえんでいた（少なくとも顔の形は笑顔だ）。

「いえ、そのようなことは」

「あら、兄さんと話すのは楽しくないの？」

反射的に、

「わたしは使用人ですから……」

と応じようとして、思いだした。今は琥珀だったのだ。琥珀の気持ちになってこたなければ。

「そ、そうですね」

なるべく「琥珀らしさ」を意識しながらこたえた。

「志貴さんとお話しするのは楽しいですよ」

秋葉のほほえみがかすかにゆれた。怒っているわけでもないのに、かなりのプレッシャーを感じる。

（き、気合を入れないと。ここからが本番なんだから）

なし崩しに志貴に続いて秋葉と話すことになってしまったが、琥珀に化けたそもそもの目的は秋葉と話すことにあったのだ。

「会話が少し聞こえてしまったのだけれど」

と、秋葉が言った。みょうに迫力のある笑顔のままで。

「兄さんのベッドに入ったとかなんとか。……もちろん聞き違いでしょうね？」

顔では笑っているが、全身からにじみ出てくるオーラが翡翠を威圧している。

（なんとかしてごまかさないと）

姉のしたことのせいで、なぜ自分がこんな恐い目に会わなければいけないのか、というささかの理不尽を感ずる翡翠である。

（……恐い？）

ふと気がついた。

（秋葉様は怒ってらっしゃる）

だとしたらラッキーだ。もともと秋葉を怒らせる作戦だったのだから。

ピロリンという効果音と共に、心の中で電球がともった。

（ごまかす必要なんて、ない）

このまま火に油をそそげばよいのだ。

翡翠はとびっきりの琥珀的笑顔を作るべく、顔の筋肉に指令を出した。指令は顔面神経を通じて表情筋にもたらされた。待機中だった表情筋たちは、数年ぶりのフル稼働で笑顔を作った。

　せいいっぱいの琥珀っぽい笑顔を浮かべつつ、翡翠は言った。

「間違いありません。わたしは志貴さんのベッドに入りました」

　秋葉の顔から作り笑顔が消えた。しばしの沈黙ののち、静かな静かな声で、秋葉は言った。

「それは、どういう意味かしら」

「言葉どおりの意味です。翡翠ちゃんの代わりに志貴さんを起こしてあげようと思って」

　秋葉の眉間にしわがよっている。

「起こすだけならベッドに入る必要はないでしょう」

「だって、そのほうが楽しいじゃないですか。志貴さんも喜んでくださいましたし」

「な……な……な……」

　翡翠をにらむ秋葉の瞳は、すでに憤怒と憎悪でいっぱいになっている。

「一度、秋葉様もなさってみてはいかがですか。あ、でも、秋葉様が相手では、志貴さんもあまり楽しくないかもしれませんね。だって、秋葉様はナイナイのツルペタですから」

　翡翠は殺気を感じた。

（あと一押し）

勇気をふりしぼって続けた。

「すみません。ナイナイのツルペタはあんまり関係ないですね。志貴さんのベッドに入って起こすだけなら、秋葉様がナイナイのツルペタでもちゃんとできます。生きてて良かったですね、ナイナイのツルペタだけど」

話しているうちに秋葉の発する殺気がどんどん増してゆく。

翡翠は直感した。

(殺される)

迷うことなく床を蹴り、秋葉に背を向けて走り出した。

「琥珀、待ちなさいっ」

秋葉が追ってくる。翡翠は最初から全力疾走だ。捕まったら最後、命はない。

長い直線の廊下を走った。左手に窓。窓の外は裏庭だ。右手にはいくつものドア。ドアの向こうはいずれも無人だ。裏庭に逃げ込んでもいい。無人の部屋に立てこもるのもいい。問題は「わずかな隙も見せられない」ということだ。窓やドアを開けるために立ち止まれば、次の瞬間に翡翠の人生は終わる。確実に。

廊下の曲がり角が近い。右に折れている。その向こうは階段があるだけだ。

人間のものとは思えない声が聞こえてきた。

「コ～ハ～ク～」

角を曲がる瞬間、秋葉の姿がチラリと目に入った。

（か、髪が……赤い！）

忘れていた。遠野家の人間は化け物なのだ。

（わたし、ここで死ぬのかしら。「琥珀」として）

ほとんどあきらめかけた、そのとき、自分とまったく同じ姿形をした少女が二階からおりてくるのが見えた。琥珀に化けている自分とまったく同じ――すなわち、本物の琥珀自身だ。

「あら、翡翠ちゃん、愉快な格好ね」

言い返している余裕はない。反射的に地下へ続く下り階段に飛びこんだ。身を伏せて姿を隠す。秋葉が廊下の角を曲がってきた。

「死ネ」

彼女の目が捉えているのは本物の琥珀のほうだ。赤い髪が伸びて琥珀を襲う。巨大な蛸《たこ》の足か、さもなくばファンタジー物のマンガに出てきそうな意志ある触手のようだ。琥珀に巻きつこうとしている。琥珀は階段の踊り場にいる。逃げなければ捕まる。

ガラスの割れる音が響いた。

琥珀が踊り場の明かり取りを破って飛び出したのだ。外は裏庭。地面は土。踊り場からなら高さもさほどではない。きっと無事に着地したことだろう。

「チッ」

秋葉が舌打ちする音が聞こえた。

「殺ス」

秋葉は勝手口のほうへ走っていった。

(助かった……)

しかも、ねらいどおり秋葉が琥珀を追っている。階段のかげに隠れていた翡翠は、その場に座り込んで大きく息をついた。


琥珀は走っている。背後から圧力を感じた。秋葉が追ってきているのだ。

「翡翠ちゃんてば、何したのかな」

赤い髪モードの秋葉など、滅多に見られるものではない。

空気を切り裂くかんだかい音が聞こえた。すぐ近くだ。何かがほほをかすめた。

「!?」

髪だ。秋葉の髪が鋭い刃物のようになって琥珀をねらっている。まさに間一髪でねらいをそれた髪は灌木《かんぼく》につっこんだ。宙に舞う小さい葉や細い枝のありさまは、あたかもチェーンソーに刈られたかのようだ。

琥珀は樹木のかげに飛びこんだ。震える自分の両肩を抱き、凄絶な笑みを浮かべた。恐怖は感じつつも、この状況を楽しんでいるのだ。

木の根元のくぼみをさぐった。表面の土を払うと、金属製の何かが埋まっているのが見えた。それをスライドさせると、赤い押しボタンが現れた。

「さて、ここで問題です。この屋敷の真の支配者は誰でしょうか」

秋葉は邪魔な雑草や潅木を切り開きながら、一直線に近づいてくる。

「ぶー。時間切れです。正解できなかった秋葉様には、ペナルティーを受けてもらいます」

琥珀は「ポチッとな」と言いながら赤いボタンを押した。

秋葉の足元で何かがはねた。地面が盛り上がり、腐葉土が飛び散る。土に隠れていたロープを樹木に仕込まれた滑車が巻き上げてゆく。ロープに引かれて土の下から網が現れた。

虚を衝《つ》かれた秋葉は驚きの表情を浮かべた。その足元を網がすくう。

「もらった！」

網が秋葉をからみとり、一瞬のうちに動きを封じて宙に吊り上げた。

「こんなこともあろうかと、ひそかに仕掛けておいた罠《わな》が役にたったわ」

琥珀は隠れていた木のかげから出て、秋葉の顔が見えるところに立った。網の中でちゅうぶらりんの秋葉はというと、「キシャーッ」とかなんとか、人間離れした奇声を発している。

「暴れても無駄ですよ。そのネットはペンタゴンとＮＡＳＡが共同開発した対秋葉様用特殊繊維でできていますから」

秋葉が網の中で姿勢を変えた。ひざをかかえて小さくまるまった。

「わかっていただけたようですね。怒りがおさまるまで、そこにいらしてください」

次の瞬間、「キシャーッ」という奇声と共に、秋葉の髪が鋭い刃物となって全方位に伸びた。

「ですから、そんなことをしても無駄だと申し……」

プツンという音を立て、ネットに穴があいた。

「そんな、まさか」

一カ所ではない。次々に穴があいてゆく。

「秋葉様には破れないはずの特殊ネットが！」

舌打ちしつつ走り出す琥珀である。すぐに次の策に移らねば、秋葉の餌食《えじき》になってしまう。

網からのがれた秋葉も完全に体勢を立て直して走り出した。樹木をよけて走らなければならない琥珀に対し、秋葉のほうは障害物を破壊しつつ直進してくる。破壊に要するロスタイムがあるにせよ、琥珀の不利はいなめない。いずれ追いつかれることは確実だ。

琥珀は一計を案じた。

「あ、志貴さんがエッチな本を読んでる」

と叫びながら秋葉の後方を指さす。秋葉はスザザザッと地面に足を食い込ませて勢いをとめ、琥珀の示した方向に振り向いた。その顔には「殺ス」と書いてある。血走った目でそこら中をねめまわしている。志貴の姿を探しているのだ。

「ちやんす」

　この隙に琥珀は距離をかせいだ。一気に秋葉を引き離し、先ほどとは別の樹木のかげへ身をひそめる。そして今度も木の根元をさぐって、さっきと似たような金属製の何かを見つけた。さっきと違うのはボタンではなく把手《とって》だという点だ。

　把手に手をかけつつ、琥珀はつぶやいた。

「こんなこともあろうかと、ひそかに集めておいて助かったわ」

　把手を握ってひねると、ガインと音が響いて木に偽装したケースが開いた。中身は武器だ。スタンガン、催涙スプレー、アーミーナイフ、有刺鉄線バット、日本刀、サーベル、ボウガン、鞭《むち》、手裏剣、モーニングスター、ブーメラン、などなど。実用的な物もあれば、単なる趣味の品もある。古今東西の雑多な武器類だ。

　キシャーッ。

　秋葉が近づいてきた。野性的な勘で迷うことなく琥珀のほうへ向かってくる。

　琥珀は武器庫の奥からライフル銃を取り出した。黒い銃身の表面に日の光が反射している。鋼鉄の表面を指先でなでる琥珀の顔つきはいつになく真剣だ。

「これだけは……これだけは使いたくなかったけど、特殊ネットも破られた今、残された手段はもうこれしか……」

　銃尾を折って弾をこめた。装塡《そうてん》できるのは二発のみ。恐らく補充する余裕はない。二発で仕留められなければ、殺される。

手元に影が差した。

「え？」

空気がゆれる。

キシャーッ。

思いのほか近いところから秋葉の聞こえてきた。

「そんな！」

秋葉は空中にいた。高く跳躍したのだ。襲いかかってくる。琥珀は銃を構えた。が、距離がない。銃口をいなされた。そして強い衝撃。

「くっ」

地面に押し倒され、背中を強く打ちつけた。息がつまる。目の奥が痛い。秋葉の顔が目の前にある。真紅の髪。血走った目。くちびるからのぞく白い歯は、肉食獣のように鋭くとがっている。

キシャーッ。

生臭い息が顔にかかった。ノドに食らいつくつもりらしい。牙のように鋭い歯が近づいてくる。

「いやっ」

左手で秋葉の顔面を押さえる。だが、今の秋葉の力は常人を超えている。力比べでは確実に負ける。長くはもたない。

「なんとか……今のうちに……」

　銃を持ち替えた。銃床を肩にかついで先端は胴のほうに向けている。引き金は自分の顔の横、銃口は秋葉の横腹に接している。不自然な体勢だが、引き金を引ければなんとかなる。右手の親指を引き金にかけた。

「秋葉様、いきます」

　火薬が炸裂《さくれつ》した。

「グアッ」

　秋葉の体がはねた。琥珀を押さえつける力も弱まった。琥珀は素早く秋葉の下からぬけだして立ち上がり、銃を構えた。

　秋葉は朦朧《もうろう》としている。片手で脇腹を押さえながら、もう一方の手を地について起き上がろうとしているらしい。

　目が合った。

　秋葉の目から狂気が薄れつつあるようだ。少なくとも琥珀への殺意は感じられない。ただ、状況が呑み込めずに困惑している……そんな様子だ。琥珀に何かを問いかけているようにも見える。

　銃を構え直し、ねらいを秋葉に定めた。右手の人差し指は引き金にかかっている。

「秋葉様、とどめです」

　指に力を入れ、引き金をしぼった。遠野邸の森に銃声が轟《とどろ》き、秋葉は動かなくなった。

◆

琥珀と琥珀が対峙している。こぎれいで硬い表情をしているのが翡翠の化けたニセ琥珀。服は泥まみれ体は満身創痍《まんしんそうい》にも関わらず、明るい笑みを浮かべているのが本物の琥珀だ。

「よく生きて戻れたわね、姉さん」

「死ぬかと思ったわ、翡翠ちゃん」

琥珀はライフル銃らしき物を手にしている。

「たまたま手近に怪獣用の麻酔銃があって助かったけど」

翡翠は軽い目眩《めまい》を感じた。「なんでそんな物が『たまたま手近に』あったのか」などという疑問を口にしても、琥珀には通用しない。

琥珀が翡翠を見つめている。いつもと同じ笑顔だが、目だけは決して笑っていない。

「翡翠ちゃんのせいね」

気というかオーラというか、何かそんな感じの目に見えない力を感じる。気を張っていないと押しつぶされそうだ。

息を吸って胸を張った。

「これは報復よ」

琥珀の発する気の圧力が強まった。表情は変わらず笑顔のままだが。

(ここで逃げちゃダメ。悪いのは姉さんのほうなんだから)

翡翠は気力をふりしぼって続けた。

「これにこりたら、もうわたしのふりをしてイタズラするのはやめて」

琥珀はまじまじと翡翠の顔を見つめている。

(な、なに……？)

唐突に、琥珀が発していた圧力が消えた。

「へ～、そういうつもりだったのネ」

琥珀はクスクスと笑いだした。

(なんで笑うの？　わたしは真剣なのに)

琥珀は笑い続けている。翡翠はいらだちを感じた。予定では、ここで琥珀に非を認めさせてメデタシメデタシになるはずだったのだ。なのに、琥珀の反応は予想とまるで違う。

「約束して。二度とわたしに化けないって」

「どうしようかしら」

明らかにおもしろがっている。

(なんで？　どうして？　秋葉様に殺されそうになったのに、こりてないの？)

翡翠は混乱している。頭がスポンジになりそうだ。

「おもしろいから、もう少しこのままでいましょ」

と琥珀が言った。

「……え？」

「その代わり、わたしが翡翠ちゃんになってあげるから」

琥珀はどこからともなくメイド服を取り出した。翡翠が愛用している物とそっくり同じ、いつも琥珀が変装に使っている衣裳一式だ。

「ぽっぺんぱらりのぷぅ♪」

意味不明の呪文らしきものを唱えると、電光石火の早業で服を着替えた。

「じゃ、そーゆーことで。このあとも頑張って『琥珀』になってね」

琥珀は背を向けて歩きだした。

「…………」

翡翠は呆然として言葉もない。

(どうして、こうなるの？)

歩み去る琥珀が聞こえよがしにつぶやいた。

「わたしは翡翠ちゃんだから、お掃除しなくちゃね」

翡翠は硬直した。

翡翠に化けた琥珀がハタキを手にしている。琥珀に化けた翡翠は姉の様子を不安そう

にうかがっている。

「どこからお掃除しようかな」

翡翠の目には琥珀の手にするハタキが禍々《まがまが》しい武器に見える。この屋敷のすべてを破壊する最終兵器だ。

琥珀はティールームの壁際に飾られているツボに目をとめた。大きさはひとかかえほど。装飾のない青磁のツボだ。翡翠にはなんの変哲もないツボに見えるが、秋葉が安物のツボなど飾らせるはずがない。名の知れた美術品であることは確実だ。

「このツボから始めましょ」

琥珀のつぶやきは、翡翠イヤーにはこう聞こえた。

「ターゲット、ロックオン」

琥珀は無造作な足どりでツボに近づき、ハタキを振り上げた。ツボのほこりを払おうとしている。

(やめて!)

翡翠は強く念じたが、琥珀には通じなかった。ハタキでツボをはたき、ついでのように手をぶつけ、予想どおりツボを倒した。

「あっ」

倒れたツボは台の端へと転がってゆく。翡翠はダッシュした。ツボはさらに転がる。端に達した。

（落ちるっ）

床までの距離は約一メートル。翡翠とツボは三メートル。飛びつけばギリギリで届く距離だ。

が、間に琥珀がいた。

（姉さん、どいてっ）

琥珀は落ちゆくツボを目で追っている。翡翠の動きには気づいていない。バレーボールのレシーブよろしく、翡翠は琥珀の体をこするようにしてダイブした。

「きゃっ」

琥珀をよけたので方向がずれた。このままダイブしたのではツボに届かない。空中で体をひねった。ＮＢＡのスター選手がリムの上で見せるダブルクラッチもかくや、といった動きだ。

ツボに手を伸ばす。右手の指先に触れた。右の脇腹から床に落ちる。ツボはかろうじて右手の上にあるが、片手に納まるほど小さくはない。落下してきた勢いそのままに、手からこぼれようとしている。左手をツボの口にかけた。引き寄せる。胸にしっかりと抱きとめた。

（危なかった）

床にあおむけになり、胸にツボをかかえた姿勢で息をついた。危ないところだった。

「姉さん、気をつけて」

と言いつつ起き上がる。

「……姉さん？」

今の今までそこにいたはずの琥珀の姿が見えない。イヤな予感がする。急いでツボを台に戻し、部屋を出た。

琥珀は廊下にいた。相変わらずハタキを手にしている。今しも何かをはたこうとしているところだ。

(花瓶！)

廊下に花が生けてある。その花瓶のほこりを払おうとしているのだ。

「姉さん、待って」

今度は声に出して制止したのだが、今度もやめてくれなかった。ハタキが花にぶつかり、花瓶が倒れる。距離がある。届かない。

(お願い、間に合って)

奥歯の横にあったらよいなと思うスイッチを舌で押したつもりになった。動力源は根性だ。マッハ3で花瓶に飛びついた。

(間に合った！)

と思った次の瞬間、頭の上から水と花が降ってきた。かたむいた花瓶からこぼれたのだ。水と花まみれである。

「姉さん、もうやめて」

と言いかけて気がついた。また琥珀の姿が消えている。

(今度はどこ?)

泣きたい気分で琥珀を探す。廊下にはいない。ティールームにもいない。階段にも玄関ホールにもいない。

食堂のほうに気配を感じた。

(そこかっ)

走った。食堂にかけこむ。メイド服の後ろ姿が見えた。ニセ翡翠の琥珀だ。テーブルの前に立ち、入り口に背を向けている。文句を言うつもりで近づこうとした。

琥珀が気づいて振り返った。

「あら、翡翠ちゃん……じゃなかった。姉さん、どうかした?」

琥珀はワイングラスを手にしていた。

(!)

あのワイングラスを守らなければ。あせりながら翡翠は言った。

「姉さん、それをテーブルに置いて」

「姉さんはあなたでしょ。わたしは翡翠ちゃんよ」

「そんなの、どうでもいいからっ。とにかくそれを戻して」

「どうでもよくないわ。入れ替わるなら徹底的にやらないと」

翡翠な琥珀はワイングラスの足をつまんでクルクル転がしている。翡翠は胃に痛みを感じた。

「わかった。わかりました。だから気をつけて……翡翠ちゃん」

ぎこちなく「翡翠ちゃん」という呼び名を口にすると、琥珀はようやくワイングラスをテーブルに置いてくれた。

「さて、次はどこのお掃除をしようかな」

「やめてよ、姉さん……じゃなくて翡翠ちゃん」

「だってお掃除はわたしの担当でしょ」

「もう、こんな……」

悪ふざけは終わりにしよう、と言いかけてやめた。逆襲するつもりだったのに、いつのまにか琥珀のほうが優位に立っている。

(負けない)

琥珀が首をかしげている。

「もう、こんな……何?」

「もう、こんなお掃除なんかやめて、荷物運びをしたら?」

翡翠は琥珀を勝手口に導いた。

「ほら、この届いたばかりの小麦粉をしまわないと」

三十キロの小麦粉がつまった大きな袋が山になっている。

「も、もちろん姉さんも手伝ってくれるのよね?」

琥珀の顔がかすかにひきつっている。翡翠はすましてこたえた。

「何を言ってるの。いつもはわたしが触ろうとすると怒るくせに」

そうなのだ。本来ならば、琥珀には絶対にやらせない。琥珀はどこかで確実に失敗する。後始末の面倒を考えると、自分ひとりでやったほうが効率が良い。

琥珀はしぶしぶ三十キロの袋をかつぎあげた。翡翠はそれを黙って見ている。

(もうフォローなんてしないいんだから。勝手に失敗して自滅すればいいんだわ)

肩に袋をかついだ琥珀が翡翠の横を通りすぎようとした。そのとき、琥珀が不吉な声をあげた。

「あっ」

「え？」

琥珀はつまずいた。袋が宙を舞う。大宇宙の摂理に従って、袋は翡翠の頭を直撃した。

「きゃぁっ」

勢いで転倒してしまう。三十キロの衝撃で頭がクラクラした。

「ひす……じゃなくて姉さん、大丈夫？」

琥珀が心配そうな顔でのぞきこんでいる。

「平気。ちょっとクラクラするけど」

頭にさわってみた。ネトネトしていた。手にとってみると白かった。花瓶の水と小麦粉がまざってロクでもないことになってしまったようだ。

足音が近づいてきた。

「何を騒いでるんだ？」

志貴だ。琥珀の格好をした翡翠をまじまじと見つめた。

「どうしたんだ、それ。真っ白じゃないか」

「あの……ちょっと、小麦粉をこぼしてしまって」

志貴は笑った。

「相変わらずドジだな。そういう仕事は翡翠にまかせておけばよいのに」

「そ、そうですね」

泣きたい気持ちを隠しつつ、愛想笑いをしてみせた。

翡翠は熱いシャワーを浴びた。頭から湯をかぶり、髪の間まで入りこんだ小麦粉を洗い流した。

なんでこんなことになったのか。頭から水と小麦粉をかぶり、昼間からシャワーを浴びるはめになるとは。かなりみじめな気分だ。これは琥珀の仕返しなのだろうか。

脳裏に陰険な琥珀のイメージ画像が浮かんできた。邪術師を思わせるフードをかぶって顔の半分を隠し、かろうじてのぞく口もとをゆがめて邪悪な笑みをもらしている。タイトルは『策士琥珀嗤笑之図』だ。

熱い湯を浴びているというのに、なぜか寒けを感じた。ひょっとすると、してはいけない戦いをいどんでしまったのではないか、という疑いが頭をもたげてくる。真珠湾を奇襲してアメリカに参戦の口実を与えたあげく、国土を焼きつくされた日本のように、自分もやがてボロボロにされてしまうのかもしれない、と。

だとしても、ここで屈伏するわけにはいかない。まだ戦いの趨勢《すうせい》が決したわけではないのだ。逆転のチャンスはある。

バスルームのドアが開き、誰かが入ってきた。

「翡翠ちゃん、きれいになった？」

もちろん琥珀だ。シャワーカーテンを開けてのぞきこんできた。まだ翡翠の扮装のままだ。

翡翠は背を向けた。双子の姉妹でも裸を見られれば恥ずかしい。

「洗ってあげましょうか」

「いい。もうきれいになった」

「ちぇー。遅かったか」

琥珀はなぜか残念そうだったりする。

「用はそれだけ？　戸が開いてると寒いんだけど」

「あと一時間くらいで夕食よ。早く作らないと間に合わないんじゃないかしら」

琥珀の言葉の意味が脳みそにしみこむまでに数秒を要した。

「わたしが作るの⁉」

「当然でしょ。お料理は『姉さん』の仕事だもの」

琥珀はまだこのゲームを続けるつもりらしい。

(ここで逃げたら、すべてが無駄になる)

逃げるわけにはいかないのだ。翡翠は受けて立つ決意をかためた。

(でも、その前に……)

肩ごしに言った。

「そこにいられると上がれない」

「気にしてなくていいのよ」

「わたしが気にする」

またもや琥珀は「ちぇー」とか言いながら出て言った。

(なんであんなに残念そうなんだろう)

それはともかく料理である。

(困った)

と翡翠は思った。周囲の人々の見解によると、自分は料理が不得意らしいのだ。しかも当人に自覚はない。そこが問題だ。どこが悪いのかわからなければ、気のつけようがない。人生最大のピンチだ。

頭を下げて頼めば琥珀が代わってくれるだろう。が、それはできない。これは戦いなのだ。

そうなると、残された手段は一つだけ。

（もはやあの技を使うしか）

翡翠は洗面台の鏡の前に立った。鏡に写る自分を見つめる。衣服は身につけていないから、琥珀と違うのは瞳の色だけだ。

シャワーの前にはずしておいたカラーコンタクトを再び入れた。瞳が琥珀の色になる。もう区別はつかない。

と言っても、区別できないのは外見だけのこと。心の中まで琥珀になりたい。琥珀になりきれば、料理もうまくできるはずだ。

右の人差し指を立てて鏡に向けた。ゆっくりと空中に円を描くように回す。

ぐ～る、ぐ～る、ぐ～る、ぐ～る。

トンボを捕まえるときの要領だ。

ぐ～る、ぐ～る、ぐ～る、ぐ～る。

指をグルグル回しながら、自分に言い聞かせる。

（わたしは琥珀……わたしは琥珀……わたしは琥珀……）

自分で自分を洗脳するのである。

ぐ～る、ぐ～る、ぐ～る、ぐ～る。

回転する指の先を見つめていると、だんだん不思議な気分になってくる。

（わたしは琥珀……わたしは琥珀……わたしは琥珀……）

指だけでなく、部屋も回りだした。

ぐ～る、ぐ～る、ぐ～る、ぐ～る。

視界の中のすべてが渦巻き状にゆがんで回転している。

（わたしは琥珀……わたしは琥珀……わたしは琥珀……）

翡翠の表層意識は眠りについた。

◆

秋葉は二階の廊下を歩いていた。少し頭がボーッとしている。自室でうたた寝していたせいである。

（うたた寝なんて……体調が悪いわけでもないのに）

自分らしくない、と秋葉は思う。

（今日はどうしてしまったのかしら）

階段を降りると足元がふらついた。階段がスポンジになったような感じがしておぼつかない。

いきなり腕をつかまれた。

「どうした。足がよたってるぞ。風邪でもひいたか」

志貴だった。

「そんなことはありません。余計な気づかいは無用です」

兄の手を振りほどき、ひとりで階段を降りた。志貴はすぐ後ろをついてくる。

「よたってるんだがなぁ」

階段の下で翡翠が待っていた。

「お夕食の用意が整っています。食堂のほうへおいでください」

翡翠のあとについて歩きながら、秋葉は首をかしげた。

「何か忘れてるような気がするのよね」

「風邪をひいたのを忘れてるんじゃないか」

「なんですか、それは。私は風邪なんてひいてません」

「でも、ふらついてるぞ」

「気のせいです」

食堂の席につくとすぐに、琥珀が厨房からワゴンを押してきた。翡翠とふたりでスープを給仕する。その横顔を秋葉はまじまじと見つめた。

琥珀が秋葉の視線に気づいた。

「なんですか？」

問われて困った。自分でもよくわからない。何だかわからないが、何かが気になったのだ。

「何か忘れてるような気がするんだけど」

「気のせいでしょう」

「そうかしら」

テーブルの向こうで志貴が言った。

「やっぱり風邪だろ」

「違います」

「だってヘンだぞ」

「気のせいです」

琥珀がうなずいた。

「そうですね」

「………」

ひとから言われると間違っているように思えてくる。本当に風邪かもしれない。あるいは少なくとも何かの理由で体調が悪いのだ。

ただし、原因に心当たりがない。昨日は健康だった。今朝の目覚めも悪くなかった。

そのあとも……そのあと？

（いつからうたた寝してたんだっけ）

記憶があいまいだ。やはり何かがおかしい。何かを忘れている。引っかかるのは琥珀のことだ。この件には琥珀が関係している。

そんなことを考えながらスープを口に運んだ。

「？」

味がしなかった。

ガシャン、と耳障りな音が響いた。顔を上げると、志貴の姿がない。スープの皿がひっくり返り、中身がこぼれてテーブルに広がっている。

「志貴様？」

「志貴さん！」

翡翠と琥珀の視線は下を向いている。テーブルのかげになって見えないが、志貴は倒れたらしい。秋葉も立って志貴に駆けよった。

「兄さん、しっかりしてください」

「ま……」

志貴は苦しげな顔つきで目をつぶり、何事かしゃべろうとしている。

「ま……」

「兄さん、あまり無理をしないほうがよいですよ」

それでも志貴は必死に何かを伝えようとしている。

「ま……」

秋葉は耳をすました。

「まずい」

思わず目が点になる。

「はい？」

「そのスープ、死ぬほどまずいぞ」

秋葉は琥珀をにらんだ。

「変なクスリでも入れたんじゃないでしょうね」

「まさか。そんなことはいたしません。秋葉様にも同じ物をお出ししましたが、どこか変わったところがありましたか」

「そういえば味がなかったわ。まずくはなかったけれど」

琥珀はいぶかしげな顔をした。

「そんなはずはないのですが」

横から翡翠が口をはさんだ。

「秋葉様、それは御自分の脳にだまされているのでしょう」

「意味がわからないわ」

「秋葉様と志貴様は同じスープを飲まれました。なのに秋葉様は味がないとお感じになり、志貴様はまずいとお感じになった。これは、実際にはまずいスープを飲んだにも関わらず、秋葉様がそれを自覚されていないということです」

「なんでそんなことになるのよ」

「殺人的にまずいスープの衝撃で精神が崩壊するのを防ぐため、自己防衛の本能が働いたのでしょう」

言われてみると、本当に無味だったかどうか疑わしくなってきた。ほんの一瞬、何かを感じたような気がしないでもない。

琥珀が翡翠に抗議した。

「ちょっと翡翠ちゃん、勝手なことを言わないで。どうてわたしの作ったスープが『殺人的にまずい』の」

その声は秋葉の耳を素通りしている。それどころではない。脳がストップしていた味を感じ始めているのだ。

「こ、こはく……」

口の中に残っていた味が、だんだんはっきりとしてくる。

水彩絵具の筆を洗った水をベースにおが屑《くず》と正露丸で出汁《だし》を取り、プラスチック製の野菜のおもちゃをとろ火で煮ること三時間、仕上げにちぎった新聞紙を散らして生の鯖《さば》をまるごと突っこんだスープを想像してほしい。隠し味はうがい薬だ。

まだ正気でいられるうちに、琥珀に文句を言わなければ。

「あなた、私たちを殺すつもり？　まるで翡翠が作った料理みたいじゃないの」

琥珀が色をなした。

「あんまりです。いくらなんでも、そんなにひどいはずはありません！」

翡翠が言った。

「姉さんも味見してみたら？」

翡翠と秋葉に強要されて、琥珀はしぶしぶスープを口に運んだ。

「わたしのスープがそんな味のはず……ひゃん」

琥珀は気絶した。


翡翠は目覚めた。

(ここはどこだろう)

周囲を見回すと、応接室だとわかった。食堂に隣接した部屋だ。そのソファに横たわっていたらしい。すぐ隣のソファでは秋葉がうなっている。別のソファでは志貴がぐったりしている。

すぐ近くにメイド服の女の子がいた。

(あれはわたし……じゃなくて、姉さんの変装)

自分は相変わらず琥珀の扮装をしている。

「あ、気がついたのね。大丈夫?」

「わたし……」

バスルームで鏡に向かってグルグルしてたところまでは覚えている。それがどうして応接室のソファで寝ていたのか。しかも志貴や秋葉といっしょになって。

琥珀が小声で事情を教えてくれた。自己洗脳で琥珀になりきって料理を作ってはみたものの、味付けはいつもの翡翠味のままだったようだ。おかげでこの惨状である。

自己洗脳は大失敗だったのだ。なんということか。自分や秋葉だけならまだしも、志貴にまで迷惑をかけてしまうとは。

「どうしよう」

秋葉が聞きとがめて翡翠のほうを向いた。

「『どうしよう』じゃないでしょ」

かなり恐い顔をしいてる。

「あなたから料理を取ったら何も残らないのに」

その瞬間、部屋の空気が凍りついた。

「あ……」

秋葉は自分でも驚いた顔つきで口もとを押さえている。

「おい、言いすぎだぞ」

志貴にたしなめられて秋葉は表情をかたくした。

「ほ、本当のことを言っただけです。そうでしょう、琥珀？」

翡翠のほうを見てしゃべっているが、秋葉がけなしているのは本物の琥珀のことだ。

翡翠に化けている琥珀は、無表情の仮面の下で不愉快な気分になっているらしい。双子ならではの洞察力で、翡翠はそれを感じ取った。

「黙ってないでなんとか言いなさい」

「秋葉、やめろって。何をむきになってるんだ」

「兄さんには言っていません」

琥珀は怒っている。何か言い返したいと思っている。けれど、琥珀は翡翠に化けているから、琥珀自身として言い返すわけにはいかない。それだけに、なおさら憤懣《ふんまん》がつのっている。

そういった琥珀の内心を翡翠は感じ取っていた。我がことのように怒りが湧いてくる。しかも今は自分が「琥珀」なのだ。現に秋葉はこちらのほうを向いてしゃべっているではないか。

「わたしたちがいなければ何もできないくせに」

と翡翠は言った。

「え?」

秋葉はきょとんとしている。

「料理を失敗したくらいでなんですか。そこまで言うことはないでしょう。とがめる前に御自分がどれだけわたしたちに依存しているか思いだしてください」

「そ、それとこれとは話が違うでしょ」

一応は言い返したものの、秋葉はけおされている。珍しい光景だ。

琥珀は翡翠の演技を忘れて、いつもの笑顔を浮かべた。

「あらあら、大変。そんなこと言っちゃダメよ」

志貴は驚いた顔で琥珀のかっこうをした翡翠を見ている。

「みんな今日はどうしたんだ。冷静になれよ」

秋葉をにらんでいた目を志貴に向けた。

「志貴様にも言いたいことがあります」

「お、俺!?」

「今朝のことは寝起きの悪い志貴様にも責任があります。姉さんが……いえ、間違えました……わたしが布団に入ってきても目を覚まさないなんて、いくらなんでもひどすぎます」

「それは……そうかもしれないけど」

志貴も秋葉同様にけおされながら、当然の疑問を口にした。

「なんで今ここでそんなことを言うんだよ」

「ついでです」

勢いにまかせて一刀両断である。

「おふたりとも、わたしを怒らせないでください。本気になった姉さ……わたしは恐いですよ」

翡翠は秋葉と志貴をにらみつけた。

秋葉は怒りを忘れてぽかんと口を開けている。志貴は困惑して立ちつくしている。琥珀は笑顔で拍手のジェスチャーをしている。

言葉が途切れると、急に間がもたなくなった。

「お先に失礼させていただきます」

琥珀のクスクス笑う声を背後に聞きながら、翡翠は応接室をあとにした。

◆

翡翠は自室のベッドにつっぷしている。

(消えたい)

琥珀のふりで秋葉につっかかったのは最初の路線どおりだ。そこまでは良かった。問題はそのあとである。つい勢いがすぎて暴走してしまった。大失敗だ。

(消えてしまいたい)

枕に顔を押しつけて身悶えした。

ノックの音が聞こえた。

「翡翠ちゃん?」

琥珀の声だ。

(どうしよう)

とりあえず布団にもぐった。頭まですっぽり入って隠れてしまう。

「どうしたの、電灯をつけたまま布団にもぐったりして」

すぐ近くで琥珀の声がした。

「ねえ、顔を見せて」

恥ずかしい。あんなところでキレてしまったこととか、幼稚な仕返しをたくらんだこととか、いろいろと。

「翡翠ちゃんてば」

目だけ出して琥珀を見た。いつもの笑顔がそこにあった。

「ありがと」

と琥珀が言った。

「わたしの代わりに怒ってくれて」

翡翠は黙って首を振った。

「でも、スッキリしたんじゃないかしら。大きな声で文句を言えて。『琥珀』になりきっていると、普段は言えないことも言えるでしょ？　翡翠ちゃんて、いろいろためこんじゃうから、たまにガスぬきしないとネ」

「あれは姉さんのフリをして怒っただけよ」

「内容はなんでもいいの。言葉にして他人に伝えるってことが大切なんだから」

ふと、ひらめいた。

「姉さん、もしかして、わたしにあれを言わせるために……」

翡翠は琥珀の表情をうかがったが、ほほえみの下にあるものは読み取れない。

「また何か言いたくなったら、わたしになってもいいわよ」

ノックの音がした。

「いいかい」

ドアの向こうから志貴の声が聞こえてきた。

(どうして⁉)

硬直している翡翠の代わりに、琥珀がドアを開けて志貴を招き入れた。

「もう落ち着いたか？」

志貴の前で布団にもぐっているのは、かえって気恥ずかしい。あわててベッドをおりて彼の前に立った。

寝乱れた服を整えようとして愕然《がくぜん》とした。

(どうしよう！)

まだ琥珀の服装のままだったのだ。

「あの、これは、その、ちょっと服を借りてて……」

あわてて言いわけを始めた翡翠を志貴はきょとんした顔で見ている。

横から琥珀が口をはさんできた。

「翡翠ちゃんはバレてないつもりだったんですよ」

「まさか」

志貴は心底意外そうな顔をした。

「……本当に？」

翡翠は我が耳を疑った。何か恐ろしいやり取りを聞いたような気がする。

「あの……もしかして……わたし……」

「おもいっきりバレバレだったわよ」

「翡翠はわかりやすいからな」

その瞬間、ある種のパラダイムシフトが起こった。うまく騙《だま》していたつもりが、騙されたフリをされていただけだったのだ。

（どのあたりからだろう）

もしかすると、いちばん最初からだったのかもしれないが、それを確かめるのは恐すぎた。

「そうそう、秋葉からの伝言だ。『ごめんなさい。言いすぎました』だってさ」

志貴は翡翠と琥珀を等分に見比べると、ニヤリと笑って付け加えた。

「『琥珀』に」

琥珀は吹き出した。

「つまり、秋葉様は気づかなかったんですね」

「どうもそうらしいな」

「本当のことを教えてさしあげたら、どんな顔をされるでしょう」

「信じないかもしれないぞ。あれが翡翠だったなんて」

おかしそうに秋葉のことを話す琥珀と志貴をながめながら、翡翠は思った。

琥珀に日頃の仕返しをするつもりが、彼女の書いた筋書きに踊らされてしまった。志貴を騙せたつもりでいたのにそれは勘違にすぎず、騙されていたのは自分のほうだったとも言える。結局、自分はこのふたりに見守られ、そのてのひらの上で悪あがきしていただけなのかもしれない。

なぜだか突然、目が熱くなった。

「ん……」

涙があふれてくる。とめようとしたのだけれど、うまくいかなかった。

「今日はどうしたのかな。こんなのばかり。わたし、壊れてしまったみたい」

「そういう日なのよ。たまにはいいでしょ」

「泣いていいよ。がまんしないで」

もうこらえられなかった。声を出して泣いた。泣いている間、琥珀が頭をなでてくれていた。声を出して泣くのは、ちょっとだけ気持ちが良かった。

月姫

Blue Blue Glass Moon,
Under The Crimson Air.

第五話

塩辛と使い魔と大騒動

text
関　隼

illustration:Wataru Usami

「っ！　やめ、やめろって！」

男の制止も聞かず、黒衣を身にまとった少女はじりじりと近づいてくる。

抗《あらが》う身体を見上げる、射抜くような赤い瞳。……興奮しているのか、頬も赤い。まとわりつく長い水色の髪をかきあげようともせず、まるで人の姿は仮のものと言わんばかりに這いずりながら近づいてくる様子は、いつもより強くその身が獣で作られていることを感じさせる。

「どうしちゃったんだよ、レン！」

レン、と呼ばれた黒衣の少女ににじり寄られる青年は、彼女のただならぬ空気にうろたえている。それはそうだろう。夢魔であり使い魔でもあるレンの『ご主人様』として契約を交わして以来、こんな雰囲気になったのは……なったのは………

(そういえば、契約前なら二、三回あったたな)

そんなことをふと思い出して、レンのご主人様、遠野志貴《とおのしき》はメガネのずれを直した。

(そう、あれは……レンが見せた夢の中で……レンと……)

そこまで思い出して、志貴はあわてて首を激しく左右に振った。なにせレンは小さくても魔物である。人間じゃないのをいいことに、志貴は少女にしか見えないレンとあ～んなことやこ～んなことを……。

思わず腰の一点に血が集まってしまい、志貴はあわててベッドに座る。すると、それを待っていたかのようにレンはズボンに手をかけた。

「うわわっ！」

志貴はあわてて下ろされまいとズボンを引っ張りあげる。

「レ、レン！　ダメだ！　こんなときにこんなことするのは！」

「………………」

志貴の言葉に反応して、レンがゆっくりと彼を見上げる。心なしか息が荒く、体が震えている。

「………………」

なにかを訴えるような瞳。それが志貴の心を射抜くように、彼を見つめている。その視線に、志貴は言葉を詰まらせた。思わずいろいろなことが頭をめぐる。時間にして数秒だろうか？

そして、次に現実に帰ってきたとき、志貴の膝にはなにか重い感触があった。

「ん？」

今度は志貴の視線が動く。その先には、ぐったりと体の力が抜け、苦しげに息をするレンの姿があった。

「レ、レン！　大丈夫かい？」

あわててレンを立ち上がらせようとする志貴。しかし彼の試みは、腰が抜けてしまったレンをへなへなと座りこませるだけだった。志貴が手を放すと、レンはくたくたと床に寝そべってしまう。

「レン、レン？　どうしちゃったんだ？」

志貴が呼びかけても、レンは弱々しく顔を向けるだけで動こうとしない。

「レン？　レン！　さっきは元気だったじゃないか。レン！」

志貴の脳裏には、まだ元気だったときのレンと囲んだ夕食の光景が浮かんでいた。


……話は数時間前にさかのぼる。その時、志貴はいつも通り遠野家の夕食の席にいた。もちろん、周囲には給仕をするために琥珀《こはく》と翡翠《ひすい》のメイド姉妹が控えている。これもいつも通りのことだ。ただ、その晩は久しぶりに欠席者がいた。志貴と向かい合わせの席に座るべき少女……妹の秋葉《あきは》である。

「秋葉のやつ、今日は遅くなるんですか？」

「はい、志貴さんの夕食は先に準備しておくようにとおっしゃってましたから。今日は純和風に攻めてみたんですよー」

琥珀の返事を聞きながら、志貴は目の前の食卓に視線をうつす。そこにはほこほことおいしそうに炊けたご飯を中心に、純和風の夕食が志貴の分だけ並べられていた。

「ほらほら、酒の肴《さかな》にぴったりのイカの塩辛も標準装備です。内臓と塩とイカしか使わずに作った、山◯さんもご推薦の一品ですよ！」

「いや、俺まだ未成年だし……」

「じゃあ、ご飯のお友達です！」

「そうじゃなくて！　琥珀さん、俺一人で食事するのすごくさびしいんだけど」

志貴の訴えを聞いて、琥珀も同情するように目を伏せる。

「そうですよねー。いつも秋葉さまと一緒だったわけですから」

「いや、それについては開放感を感じてるというか……ってそうじゃなくて！　琥珀さんも翡翠も、夕飯は食べるんでしょ？」

「はい」

「ええ。志貴さんの夕食が終わった後にいただきますけど」

姉妹が同時にうなずくのを見て、志貴はここぞとばかりに一つの提案を持ち出した。

「なら、さ。二人とも今から食事にしない？　ここで俺と一緒に食べてよ」

「それはできません」

翡翠の答えは簡潔かつ最速だった。

「翡翠ちゃん、その言い方じゃ志貴さんがかわいそうでしょ」

とフォローを入れる琥珀ですら、苦笑いを浮かべて頭を下げる。

「ごめんなさい。さすがに志貴さんのお願いでも、それはちょっと……」

「ちぇ、やっぱりだめか……まあ、言ってみただけだから、二人とも気にしないで」

こういう所では、二人は使用人としての一線を引いてくる。わかってても口に出る願いに舌打ちしながら、志貴はあきらめて箸を手に取る。そんな彼の足元に、まとわりつくものがあった。

「ん？」

見ると、首に大きな黒リボンを結んだ黒猫が足にじゃれついている。

「なんだ、レンか」

遠野家に住みついた猫と人の姿を持つ夢魔、レン。その猫バージョンが食堂に姿をあらわしたのだ。

「え？　レンちゃんがいるんですか？」

世の中に猫が嫌いな女性という者はそう多くない。琥珀はどちらかというと猫好きに分類されるほうなので、レンがいると聞いて目の色を変えた。それを気にもせず、志貴はテーブルの下からレンを引っ張り上げる。そのとき、さびしがっていた志貴の脳に一つの悪魔的アイディアが閃《ひらめ》いた。

「そうだ！　琥珀さん、レンのご飯になるものを持ってきてくれません？」

レンをテーブルにのせて、志貴はそんなことを言い出した。いつも『食事中にペットを入れないでください！』とか秋葉に言われるので、志貴は猫の姿のレンと食事をしたことがない。今なら秋葉はいないし、これは一つのチャンスではあった。

「俺、今晩はレンと一緒に食べますから。琥珀さんの腕を見せてやってくださいよ」

「はい、わかりました！」

もとよりご飯をあげたくてしょうがなかったらしく、琥珀は即答でＯＫを出した。いそいそと厨房に消える姉を見送りながら、翡翠がわずかに眉を寄せる。

「志貴さま、あの……」

「ん？　翡翠、どうかした？」

物珍しそうに志貴の前にある食事を見つめるレンにいくつか食べさせながら、志貴が首をかしげる。

翡翠は大変申し訳なさそうにではあるが、はっきりと志貴に意見した。

「その……猫を食卓に上げるのは、よくないと思います」

「なんで？　一緒に食事するんだから、これくらいいいだろう？」

「一緒に食事をするのは構いません。ですが、食卓に上げるのは……猫の毛が料理に入りますし……」

志貴はレンをそっちのけにして翡翠のほうを見る。

「大丈夫だよ。レンはおとなしいし。翡翠ってなんだか秋葉みたいなこと言うんだな」

レンはさっき志貴が口に入れていた料理に興味津々なようで、その料理が入っている小鉢をじっと見つめている。それを見た志貴は、はい、とその料理を手に取って、レンに食べさせる。

「それだけではありません。猫と人では、食べられる物が違うと聞いたことがあります」

「だから琥珀さんにレンの分を頼んだんだよ。琥珀さんなら……」

猫に毒になる食べ物がわかるはずだから、と続けそうになって、志貴はあわてて口を閉じた。そんなことを言えば、当の琥珀本人から『あははー。志貴さん、いらんこと言う人は教育が必要ですよー』とか言われて秘密の地下室にご招待される危険性がある。

(口は災いのもと。気をつけなきゃな……)

内心のおびえを隠すように小鉢の中身をさらにレンに食べさせる。それを見た翡翠はもう一度口を開きかけた。その時である。

「はい、お待たせしました～！」

夕食の食材で作った猫用料理を手に、琥珀が戻ってきた。皿から立ちのぼる匂いに、レンが鼻を動かす。

「さあさあレンちゃん。たくさん食べてくださいねー」

琥珀はニコニコしながら志貴の隣に皿を並べる。それに引っ張られるようにレンは移動し、翡翠は言葉を発するタイミングを失ってしまった。

「じゃあ改めて、いただきます！」

「はい、どうぞー」

和やかな夕食が始まり、志貴は普段より楽しそうに食事をたいらげた。レンも料理を残さず食べ、琥珀は喜んでいたし、猫の毛が飛び散ることもなかったのでとりあえず翡翠も安心した。それぞれが満足した夕食の席だったのだ。

（そうだ……そのはずだったのに。どうしてこんな……！　ん？）

志貴の記憶の中で、食事が来る前、志貴の料理を食べていたレンの姿がプレイバックされる。あの時、レンが食べていた小鉢の中身は……

（イカの……塩辛……）

「イカを食べると……猫の腰が……抜ける……」

有間の家で、聞いたことのあるフレーズだった。乾家でも、家主である一子に聞かされた覚えがある。

「でも、レンは猫じゃなくて使い魔なのに……」

レンは普通の存在ではない。志貴よりもずっと永い時を生きて、もはや魔物といってもいいくらいの力を備えた、魔術師の下僕なのだ。

「どうなってるんだ……？」

「………………」

聞きなれない音が聞こえたような気がして、志貴はふと現実に戻ってくる。見ると、頬を赤くしたレンの呼吸はさっきよりさらに苦しげで、体の震えはどんどん大きくなっているように見えた。

「!!　レン、レン！　しっかりしろよ！　今、なんとかしてやるからな！」

こうしていても事態は好転しない。とにかく猫の姿に変わってもらい、志貴は転がるように部屋から飛び出した。玄関ホールまで走り、靴をはくよりも早く扉を開ける。その時、彼の背中に声がかけられた。

「志貴さま、こんな時間におでかけでしょうか?」

「翡翠……!」

振り返ったその先に立っていたのは、翡翠だった。また夜に外出しようとする志貴を責めるような目で見つめている。

「門限まで、あまり時間がありませんが……」

「ごめん! レンが大変なんだ。ちょっと診せに行ってくる!」

それだけ言って志貴はまるで飛ぶように外に出る。夜の闇の中へ消えていく志貴を見ながら、翡翠の口はかろうじてこれだけ動いた。

「レンちゃんが……? なら、姉さんが……」


「さて……」

志貴の目前には、通いなれた一軒のマンションがある。こここそ三咲町における吸血鬼の頂点、真祖の姫君が住まう場所……簡単に言えば、アルクェイドが住むマンションである。イカの塩辛で具合が悪くなったとはいえ、レンはもともと夢魔であり使い魔である。志貴にしてみれば、普通の獣医に見せるのは言語道断な感じがしたのだ。

「とりあえず、アルクェイドはレンを預かってたわけだし、なんとかしてくれるだろ」

苦しげなレンを再び抱えなおして、志貴はアルクェイドの部屋へ向かった。

「あ、志貴だ！　やっほー」

ドアチャイムを警戒するように開けられたドアから、えらく楽しげな声が聞こえる。

そこから顔を出した真祖の姫君は、満面の笑みを浮かべていた。

「どうしたの？　いつもだったらこんな時間に絶対来ないのに」

「ごめん、アルクェイド。おまえに助けてほしいことがあってさ」

そう言って志貴はお姫様抱っこしていたレンを彼女に示した。

「あれ？　レンじゃない。どうしたの？　そんなにハァハァして」

「……俺にもよくわからない。夕飯の時に料理を食べて、こうなっちゃったんだ。アルクェイドなら治し方とか知ってるんじゃないかなと思って来たんだけど」

志貴のすがるような視線を受けてうれしいのか、アルクェイドは再び微笑みながら自分の胸を叩いた。

「わかったわ。このわたしに、どーんとまかせてみなさい！」

とりあえず、とばかりにアルクェイドは二人を部屋へ招き入れる。そして玄関のドアがゆっくりと閉められた。

「じゃあ、今から診察を開始しま〜す」

「…………」

「…………」

微妙に温度の違う空気が、部屋の雰囲気を分けていく。体内にいる『なにか』と戦うレンの必死な空気。呆然とした志貴が放つ重い空気。そして……

「まずは、お熱を測りますね～」

アルクェイドが全身からにじませる脳天気な空気である。

「…………」

「…………」

「あれ？　それとも先に血圧測った方がいい？　でも、あの道具この家にないのよね」

「…………アルクェイド」

ついに耐え切れなくなったのか、志貴が口を開いた。

「ん？　何？　志貴」

振り返るアルクェイドはあくまでもにこやかで、志貴にはまぶしいほどだった。

「……聞きたいことがあるんだ」

「ドンと来てよ。答えられることはなんでも答えるから」

「ああ、大丈夫。絶対に答えられるはずだから」

そう言うと志貴は呼吸を整え、頭を左右に振ってめまいをむりやり押さえつけた。

「その格好はなんなんだ？」

あるくぇいど

志貴はアルクェイドが身にまとっている服を指さした。彼女のトレードマークともいえる白いタートルネックのシャツと紫のスカートは、今やたんすの奥にある。彼女が今着ているのは、パリッとした布地で作られた膝上十五センチくらいの短さのピンクのスカートに白いオーバーニーのストッキング。スカートと同色同素材の上着は妙に体のラインにピッタリくるように作られており、強調された胸が男の視線をさまよわせる。ごていねいに『あるくぇいど』と書かれたネームプレートを胸ポケットに差し、これまた同色同素材の特徴的な帽子をかぶったさまは、まさしく……

「なんなんだって、志貴は知らないの？　これって看護婦の格好だよ」

……そう、看護婦の姿に他ならなかった。ただし、病院で見る姿というよりは、コスプレの服を売る所やエッチなお店で見かける『見て楽しむ』ナース服だったが。

「……そんなに、なんというか、エッチくさい看護婦がいるか！」

「えー！　いるよ！　わたし見たもの」

「どこで？」

「テレビ。起きてからやってる番組とかでよく見るよ？」

ちなみに、日光が苦手な吸血鬼はたいてい日が沈んでから目を覚まし、活動する。それはアルクェイドでも変わらない習慣で、志貴と遊ぶのでなければ、夕暮れに目を覚まして夜明けと共に寝るのが彼女の生活リズムである。

「深夜番組なんか信用するんじゃないって、あれほど言ったじゃないか！　ていうか、そんな服なんで持ってるんだ？」

　と志貴が聞けば、彼女はまたあっけらかんと答えるのだ。

「え？　志貴、知らないの？　裏通りのほうに行くとこういうのいっぱい売ってるお店があるんだよ？」

「……やっぱりいい。これ以上聞くといろいろやっかいそうだから。とにかく、変な店とかＴＶを信用しないでくれ」

　志貴がきっぱりと宣言すると、アルクェイドはちょっと瞳をうるうるさせた。

「でも、人間は病気とかケガをしたらお世話になるんでしょ？　そこも間違い？」

　悲しそうな顔のまま、アルクェイドが擦り寄ってくる。もちろん強調された胸が「ふかっ……」と志貴の体に当たる。

「い、いや。そこは、間違って、ないけど……」

　しどろもどろになる口を落ち着けるために、志貴はいったんアルクェイドの体を離してから、もう一度彼女の目を見つめた。

「とにかく。アルクェイドがそんな格好して、なにか役に立つのか？」

「んー、意味はたいしてないけど、こういうのは雰囲気作りが大事だって言ってたから。それに、これ一度着てみたかったし」

「はあ……」

　あいかわらずとしか言いようのない姫君の発言に、志貴は思わずため息をもらす。アルクェイドのことはもちろん大好きなのだが、たまにこんな感じでついていけない時があるのだ。それでもつきあいを切らないところが、病の深さを表しているのかもしれないが。

「まあ、とりあえず注射をしましょう」

「…………」

「注射?」

レンの正面に立って準備を始めるアルクェイドの言葉を聞きとがめて、志貴が彼女を目で追う。暴れたりしないのをいいことに、レンの左腕をつかんだ彼女の手の中には、なにやらボコボコと泡立つ無色透明の液体が入った注射器があった。しかもごていねいにきちんと針がついている。

「わーっ! 待て待て待てアルクェイド!」

「もー、なによ志貴」

あわてて彼女の手から注射器をひったくる志貴に、アルクェイドは不満そうな視線を向けた。あからさまに、悪いのは志貴と言わんばかりの表情だ。

「なにするのよ志貴。返してよ」

「おまえ……これの中身はなんだ?」

志貴の質問に、アルクェイドは注射器を取り返しながらわずかに考えて答える。

「前にわたしがけがした時、志貴が買ってきてくれた薬の残りだけど?」

「けがした時の薬って、あれはオキシドールとか……」

けがを消毒する時に使うオキシドールはほとんど無色透明で、空気中では激しく反応して泡立つ液体である。

「このばかぁっ！」

「！」

ついに限界にきたのか、志貴がアルクェイドを叱る。その声の大きさに、彼女は驚いてびくっ！　と身を竦《すく》めた。

「そんなもの注射したらレンが死んじゃうかもしれないじゃないか！」

「そ……そうなの？」

「そうなの！　オキシドールは塗り薬！　注射しちゃダメだって！」

危険な薬であるという理解より、どちらかというと志貴の怒りっぷりに押されて、アルクェイドは注射器を手から離した。面白くなさそうに『あーあ』とため息なんかまでついている。

「せっかく注射ができるチャンスだったのに……」

「チャンスだからって、むちゃくちゃな薬を注射しちゃいけません！」

まるで小学校の先生のような口調で怒る志貴に恨みがましい視線を向けながら、アルクェイドは薬箱をごそごそと探る。

「わかったわ。とりあえずレンには薬を飲んでもらうから」

「…………」

あいかわらず苦しそうなレンにほほえんで、アルクェイドはスプーンと新たな薬びんを準備した。

「そうそう。そういう普通の対応をしていれば、俺も怒らないよ」

ようやく安心した志貴がなんの気なしに見ると、アルクェイドの手には堂々と『ヨードチンキ』と大書された薬びんが握られていた。

「はいレン、あーんって口開けて。薬を飲みなさい」

「だ――――っ！」

果たして志貴に流れる七夜の血がそうさせるのか、志貴は目にも留まらぬ……油断したアルクェイドが見ることのできないくらいの速さで薬びんをひったくった。

「この大ばかっ！　そんなもの飲ませたら間違いなく死んじゃうだろうがっ」

血相を変えている志貴に対して、アルクェイドは平然としていた。小首を傾げて不思議そうな表情をする彼女は、かわいくすらある。

「……そうなの？」

「そうなの！　おまえ、レンを亡き者にでもしようとしてるのか？　早くレンの症状に合わせた薬とか何か出してくれよ！」

志貴の言葉を聞いて、アルクェイドはぽりぽり、と頭をかいた。

「そんなこと言われても、わたしにはわからないわよ？」

「え？」

「前に言ったじゃない。わたしには使い魔は必要ないし、レンは約束で預かってるだけだって。レンが病気になるなんて、今初めて知ったわ」

「……そう、なのか？」

志貴は呆然としているが、アルクェイドはあっけらかんと言葉を続ける。

「そうよ。それにレンは単体の魔として独立できるくらい力があるんだから。ほっておけば治るんじゃないの？　わたしは志貴がそういうのわかっててお医者さんごっこでもしたいのかと思ったんだけど」

そこまで聞いて、志貴は再びレンを抱えなおした。

「そんなことしたいわけないだろ！　もういい。またな、アルクェイド！」

そう言って、後ろも振り向かずに走り出す。アルクェイドは見事に取り残された形になってしまった。

「えー？　ちょっと志貴！　それだけなの？　ねえ待ってよ！　しーきー！　もう、志貴のいけずー！」

「まったく、アルクェイドのやつ……わからないなら先に言えよな！」

そんなことを言いながら、志貴は夜の街をひた走る。お姫様抱っこしたレンは、今や呼吸をするのもつらそうに見える。

「………」

こんな時まで声を出さない、使い魔としての教育が行き届きすぎたレン。志貴にしてみれば、主人が代わったのだから、もう少し『自分』を出してほしいのだが、長い間にしみついたものは、そうそう取れるものでもないらしい。

「………」

無意識なのか、レンの手が志貴の袖をぎゅっと握る。その動きを感じて、志貴はふと足を止めた。

(待ってろよ、レン。なんとかしてやるからな……)

とはいっても、使い魔のことに詳しい人間など、この街に他にいただろうか？　しかもこんな夜更けに突然訪ねても怒らないくらい仲のいい人間が。

(いや……)

もう一人、いる。魔術に精通し、自分と仲のいい人間が、もう一人……

「頼むぜ、先輩」

ぼそりとつぶやいて、志貴は再び走り始めた。


「なるほど……事情はだいたいわかりました」

三咲町にあるなんの変哲もないアパートの一室。しかし、先ほどのアルクェイドの部屋と並んで、ここも知る人ぞ知る非日常スポットの一つである。なにしろここは……

「なにかわからないかな。シエル先輩」

　志貴の先輩にしてバチカン最凶の機関「埋葬機関」第七位。『弓』ことシエルの住む部屋だから、である。

「先輩は魔術とかの知識もあるって言ってたよね。その知恵を貸してほしいんだ」

「まあ、知恵というものはあるにはあるんですが……」

　まだ巡回に行く時間ではないのか、学校の制服姿のままのシエルはわずかに言葉をにごした。頭に手をやって、困ったような表情で考え込んでしまう。

「前に、使い魔の話をしたときのこと。遠野くんは覚えていますか？」

「ああ、あの小難しい話？　覚えてるけど、それがどうかしました？」

「なら、話は早いですね。以前話したとおり、使い魔というモノは魔術師が作り上げた分身で、それ自体が一つの魔術でもあります。ということは、今回のようなケースの場合魔術師がどのような魔術を使って使い魔を作ったか、と素材に何を使ったか、という点が重要になってきます」

　突然説明モードに入り、立て板に水を流すごとくしゃべり始めるシエルの勢いに、志貴は完全に呑まれていた。

「は、はあ……そういうものなんですか？」

「はい。まず素材ですが、この夢魔は猫に変化できるんですよね？」

「ああ、うん。昼間はいつも猫になってるけど」

「なら、素材は猫ということになりますね。大抵の使い魔は素材になった動物の姿を取れますから」

「はあ……」

うなずくしかない志貴を置いてきぼりにして、シエルは話を進める。

「ですが、これからが問題です。遠野くんはアルクェイドからこの夢魔を作った魔術師についてなにか聞いていますか？」

「え……？」

突然の質問に、志貴は呆けたようになって、答えられなかった。

「一番いいのは、その魔術師がどんな魔術を修めていたかということですが、手がかりになりそうなことならなんでも構いません」

「いや、聞いたもなにも。アルクェイドがなんでレンをあずかることになったかとかくらいしか……あ、あとレンと契約した時に顔とかは見ましたけど」

志貴の答えを聞いて、シエルの表情がくもる。

「そうですか、それは困ったことになりましたね」

「先輩、どういうこと？」

「使い魔というモノはたいてい死体を寄せ集めて作り上げた擬似生命なんですけど、それを作る時に使われた魔術というものは一定しているわけではないんです。魔術師は普通、自分に魔術を最適化してしまいますから」

「それって、自分が使いやすいように魔術を改造するってこと？」

「そうなります。そして、魔術師に最適化された魔術で作られた命は、それぞれにクセを持っているのが普通なんです。そのクセがわからない限りは、治し方も……」

「つまり、個体差が激しいので、治療にセオリーがないってことなのか？」

「はい……」

シエルの返事を聞いて、志貴は目の前が暗く閉ざされたような感覚にとらわれる。レンの体の震えはまだ止まらない。体の力もうまく入らないようで、相変わらず立ち上がることができない。床にぐったりと横になっているその姿を見ると、なんとかしなくてはという思いにとらわれるのに、その手段が見つからないなんて……。

「……わからない。俺は、どうすればいいんですか？　俺はレンになにもしてやることはできないんですか？」

悲壮感すら漂う表情で、シエルにすがりつかんばかりに詰め寄る志貴の姿を見て、シエルはゆっくりとメガネの位置を直した。

「……遠野くん。手がないわけではありません」

「本当ですか？　シエル先輩！」

シエルの言葉に、志貴の表情は地獄に仏を見たくらい目に見えて明るくなる。

「どんな手があるんですか？」

「セオリーというものがないだけで、治療ができないというわけではありません。問題は、その夢魔がどのような魔術で作られているかわからないということなんです」

「なるほど……」

「つまり、治療に必要なデータを集めればいいんです」

「それはわかるけど、先輩。そのデータっていうのはどこから集めるんですか？」

そこまで言ったその時、志貴はメガネのレンズに飛び込んでくる光に気づいた。さっきまでなにもなかったはずの角度から、キラキラとした反射光が目に届く。妙に気になって視線を動かして光を追うと、それはシエルの手に持っている物体から発生しているようだった。

「あれ？　先輩、何を持ってるんですか？」

「もちろん、データ収集に必要な道具ですよ」

さっきまでと明らかに変わった空気に志貴の体が反応する。シエルの言葉に反応するように、あたりの空気が急激に変質していくのを感じたのだ。

「せ、先輩。それって……」

シエルが持ち替えたおかげで反射光が収まり、その『道具』が姿をあらわす。いつもなら台所で大活躍しているであろうその道具は……

「出刃包丁じゃないですかあっ！　なにするつもりなんですか先輩っ！」

「もちろん解剖ですよ？　大丈夫です。これでもわたし、料理の腕はちょっとしたものなんですよ？」

にこやかにそんなことを言いながら包丁を胸元に持ってくるシエルのポーズはちょっとかわいかったが、もちろん包丁がすべてをぶち壊しにしている。

「さっきまでのシリアスな雰囲気がぶち壊しじゃないですか！　だいたい、なんで解剖なんて話になるんですか！」

「いやですね、遠野くん。話をちゃんと聞いていましたか？　あの夢魔がどんな魔術で構成されているかわからないと、治療のしようがないんですよ」

「だからって解剖なんかしちゃ、レンが治療の前に死んじゃいますって！」

「そんなことはありませんよ。埋葬機関はありとあらゆる殺し方を無理やり叩きこんでくれる所ですからね。新人のわたしでも、解剖した後に額を叩いてビチビチ暴れさせるくらいのことは造作もありません」

「それは活け作りの最後に板前さんがサービスでやるヤツじゃないですか！　死んでます、死んでますって！」

　じりじりとレンに近づくシエルに危険を感じて、志貴は二人の間に割って入る。あくまでも自分を信用しようとしない志貴を見て、シエルは少しの間考え込み、なにか思いついたのかポン！　と手を打った。

「なるほど、遠野くんはわたしが包丁を持っているのが危険だと考えているんですね」

「……それだけじゃないけど、それも確かにありますね」

「わかりました。なら、包丁はやめましょう」

にこやかにそう言ってくれるシエルを見て、志貴は緊張を解いた。

「ありがとう、先輩。やっとわかってくれたんだね」

「ええ、すみません。遠野くんの気持ちをきちんとくみ取れなくて」

すまなそうに目をふせるシエルの肩に、志貴の手がふわり、とおろされる。

「いや、わかってくれればそれでいいんですよ。あ、包丁は俺が戻しときますから」

シエルの手から包丁を受け取り、志貴が台所に向かって歩き始めたその時、シエルの口から先ほどの言葉の続きがぼそりとつぶやかれた。

「やっぱり、使い慣れたものを使わないと不安ですよね」

「え？」

思わず振り向いた志貴は見てしまった。制服姿の彼女が持っている光景には微妙に違和感をおぼえるが、間違いなく彼女が愛用している武器……指と指の間に握りこまれた黒い十字柄の一群の長剣。黒鍵を。

「せ、先輩？」

「大丈夫ですよ。こっちの扱いだったら包丁以上に慣れていますから」

「…………」

レンはもうシエルのほうを見ようともしない。それだけ衰弱が進んでいるということだろうか？　だが、二人にとってそれはもうあまり問題ではなかった。

「普段は投げた時の衝撃で肉を引きちぎったり、突き刺すのが多いんですけど、これもちゃんと刃がついてますから、キレイに切れますよ」

「…………」

「さあ、あなたの体を見せてください……！」

「だ――――っ！」

　黒鍵が振り下ろされる直前、志貴はシエルの手首をひっつかんだ。

「だからそういうことはやめてくださいって！　先輩全然わかってないじゃない！　ていうか、今日の先輩なんかキャラが違ってるよ。なにがあったんだよ！」

　力ではとてもかなわないと知りながら、志貴は背後からシエルをはがいじめにする。

その瞬間、「ふよん……」とでも形容すればいいのだろうか。とにかくなんだかしっくりとなじむ触感の二つのふくらみが、ちょうど志貴の腰の辺りにぶつかる。それがなんであるのか推理し始めた瞬間、志貴の顔は爆発しそうなくらいに真っ赤になった。

（こ、こ、これって、先輩の……その、おしり……）

　思わずはがいじめを維持している腕の力がへなへなと抜けそうになる。しかし、それをなんとか踏みとどまらせたのは明らかに目の色が変わっているシエルの言葉だった。

「そんなことありません！　わたしはいつも通りです！　決して遠野くんが最近この夢魔にべったりでくやしいとか、いっそのこと狩ってしまおうかとか、こんなモノを遠野くんに押しつけたあのアーパー吸血鬼をどうしてやろうかとか、そんな遠野くんに話したら怒られちゃうようなことは考えてません！　ええ考えてませんとも！　さあ、おとなしくわたしに解剖されなさいこのドロボウ猫の夢魔！」

「…………」

「…………」

あくまでも無反応のレンと、シエルが口走る言葉の内容にあぜんとする志貴。二つの沈黙が生み出す空気が、部屋の中をそよ風のように流れていった。

「はあ、はあ、はあ、はあ……」

「……先輩。俺、今日のところは帰るよ。いろいろと、ごめん」

「いいえ、今日は逃がしませんよ。遠野くん、覚悟しなさい！」

危険を感じ取った志貴がレンを抱き上げて走り出すのと、シエルが普通ではない目つきで黒鍵を投げ始めたのは、ほぼ同時だった。

「結局、こうなるのかよ！」

そう叫んだ志貴の声は、三咲町の夜空に吸いこまれていった。


「はあ……どうするかなぁ……」

どうやら逃げ切ることに成功したのを確かめて、志貴は一息つくためにレンを優しく道端におろした。とにかくシエルから逃げるためにめちゃくちゃに走ったせいで、自分が今どこにいるかがいまいちわからない。

「…………」

レンはあいかわらず苦しそうにしている。腰が抜けているのも変わらないようで、おろした道端にへたりこんだまま立とうとはしない。

「やっぱり、イカのせいでどこか悪いんだな……どうするか……」

非日常にくわしい二人はまったく役に立たなかった。こうなってしまうと志貴には打てる手、というものがない。

「わからない……どうすりゃいいんだ……」

八方をふさがれてしまったような感覚をおぼえて、志貴が頭をかかえたその時、

プァッ、パー…………


すぐ近くに聞こえた自動車の警笛音が、彼の意識を現実に引き戻した。見ると、エンジンがかかったままの高級車が志貴をヘッドライトで照らしている。

「ああ……邪魔だっていうのか。じゃあ、どかないとな」

他の人間がいることを感じたのか、猫に姿を変えていたレンを抱き上げ、志貴が道の端に寄ろうとしたその時、車のドアが静かに開いた。

「兄さん？　こんな所で何をしているんですか？」

聞き覚えのある声と見覚えのあるセーラー服。そして長い黒髪と不必要に胸のあたりがスレンダーなその体。なにより志貴を『兄さん』と呼ぶ人間といえば……

そう、この少女こそ志貴の妹にして遠野家の当主、遠野秋葉その人であった。

「また夜遊びですか？　まったくしょうがないですね……まあ、私と会った以上、今晩は家に戻ってもらいますが」

「いや、秋葉。悪いけどそんな場合じゃないんだ」

「ふうん……今日は口答えをする気ですか？　なにか理由がありそうな口ぶりですけど、もしよければ私に説明してくれませんか」

『夜遊びをしている兄』を叱る気まんまん、というオーラをまきちらしている秋葉が相手でも、今夜はゆずるわけにはいかない。胸元に抱いたレンをちらりと見てから、志貴は口を開いた。

「レンが、具合悪そうなんだ。腰が立たないし、気持ち悪そうにしているし……急いで医者に診てもらわないと、大変なことになるかもしれない」

「レン？　ああ、あの黒猫ですね。それで、具体的にはどうしようと？　獣医には行ったんですか？」

「いやその、レンはなんというか特別な猫だし、獣医はみんなもう閉まってるし……」

「……それで？　兄さんはあてもなく夜の街をさまよっていたんですか？」

……実はシエルから逃げていたのだが、それを正直に言えば秋葉がなにをしでかすかわからない。とりあえずそれ以上のツッコミを防ぐため、志貴は黙ってうなずいた。それを見た秋葉はあきれたようにため息をつく。

「まったく……兄さんは普段家でなにも見ていないようですね」

「え？」

全く予想していなかった秋葉の言葉に、志貴はあっけにとられて間抜けな声を出してしまった。

「まあいいです。さ、兄さん。家に帰りましょう。乗ってください」

「でも、それじゃあレンが……！」

さらに反論しようとする志貴の言葉を、秋葉は手を突き出して押しとどめる。

「それについては、私に考えがあります。とりあえず車に乗ってください。すべてはそれからです」

それ以上の会話はムダだとばかりに、秋葉は志貴の腕をつかみ、引っ張るようにして車に乗りこむ。志貴がなにかをしようとするより先にドアが閉まり、車は一路遠野家を目指して走り始めた。


「ただいま」

「お帰りなさいませ。秋葉さま、志貴さま」

秋葉が玄関の扉を開くと、ホールにはまるで今まで待ち構えていたのかと思わせるほどぴたりと翡翠が立っていた。いつも通りの出迎えを受けたのを気にもせず、秋葉はぐるりと首をめぐらす。

「翡翠、琥珀を呼んできてくれないかしら？　兄さんの黒猫が具合が悪いらしいの」

「はい。少々お待ちください」

「私達は居間にいるわ」

志貴がぼおっと見ている間に、翡翠は琥珀を探して廊下の奥に消え、秋葉はごく普通に居間に向かって歩き始める。

「ちょ、ちょっと待ってくれ、秋葉」

そのまま流れていきそうだった時間にくさびを打ちこむように、志貴は秋葉に声をかけた。

「なにか？」

「琥珀さんを呼んできて……なにするんだ？」

秋葉は『は？』と意外そうな表情になる。なにもわかってなさそうな兄に呆れながら彼女は質問に答えた。

「琥珀が診れば、きちんとした獣医に行くまでの応急手当くらいはできるでしょう」

「……そう、なのか？」

「ええ、よく中庭に迷い込んできた動物の世話をしていますからね」

秋葉の答えを聞きながら、志貴は体の力が抜けそうになった。そんなことなら、最初から琥珀のところにレンを連れていけば……。

「いや、でも……」

「よく知りませんが、それは猫なんでしょう？　だったら、琥珀でもなんとかできます」

ぴしゃりと言われて、志貴は黙った。確かに、このまま打つ手なしでいるよりマシな気がする。それに、ひょっとしたら琥珀の治療が功を奏することだってありえる話だ。

『猫に人間の霊をおろしたって、前にアルクェイドも言ってたしな』

考え直した志貴は、レンを抱きなおして居間に向かった。

……結論から言えば、秋葉の考えは大成功だった。

「あらら－、これは大変ですね。かなり激しく中毒症状が出てますよ。普通、こんなに早く出ないんですけど……ビタミン剤と、一応薬用炭とかも飲んでもらいましょう」

と言いながら琥珀が施した治療……といっても注射を一本と、薬のようなものを何種類か飲ませるだけだったが……で、レンは苦しそうな感じが落ち着き、すやすやと眠り始めたのである。

（やっぱり、猫が素材の使い魔だから、猫の病気への対応は、効果あるのか……）

志貴は治療の様子を見ながら、そんなことを考える。琥珀の口ぶりからすると、症状は相当激しく出たようだったが、とりあえず眠り始めたレンの顔を見て、志貴の心はようやく落ち着いた。

「今までが苦しかったから、疲れが出たんでしょう。朝になったら、獣医さんのところに連れていってあげましょうね」

そう言いながら道具を片付け始める琥珀に、志貴は頭を下げた。

「ありがとう、琥珀さん。俺、もうどうしていいかわからなかったんだ」

そんなことを言う志貴に、琥珀はいつも通り微笑む。

「そんなの、いいんですよ。これくらいのことなら、たいしたことじゃありませんから」

そう言ってから、琥珀はすこし怒ったような表情で人差し指を立てた。

「あ、でも志貴さん？　今度からは最初にわたしのところへ来てくださいね？　急に飛び出したから、翡翠ちゃんもわたしも心配したんですよ？」

「ごめん」

「それと、レンちゃんにイカの塩辛を食べさせましたね？」

「え？　ああ。食べてたけど、琥珀さんなんで知ってるの？」

「症状がイカの内臓中毒だったんですよ。ダメですよー？　猫ちゃんにイカの内臓を、しかも生であげちゃ。人間は平気でも、猫ちゃんには毒なんですからね。もちろん、猫ちゃんだって肝臓で一生懸命分解しますけど、解毒し切れなかった分で死んじゃう時もあるんですからね」

そう言って志貴を責める琥珀の後ろで、秋葉が呆れたように首を横にふった。

「そもそも、猫を食堂に入れるということ自体理解の範疇を超えています。やっぱり兄

さんには、一度礼儀作法を叩きこんであげる必要がありますね」

「そんなぁ！　翡翠、なんとか言ってやってくれよ！」

急激に悪くなる形勢をなんとかしようと、志貴は翡翠にすがりつく。だが、当の翡翠も珍しく怒っているようだった。

「志貴さまは、わたしの言葉を聞いてくださいませんでした。なのに今わたしに助けをお求めになるのは、間違っていると思います」

「とほほ……」

志貴一人に対して、相手は琥珀と秋葉の連合軍。期待していた翡翠の助けはありそうにない。志貴は泣く泣く、いつもの倍になったお小言を覚悟した……。


その後、レンは通常の猫に施される治療で順調に回復していった。琥珀の診断は正しく、イカの内臓を生で食べたために中毒をおこしたのが原因だったようだ。レンがまたちゃんと立ち上がれるようになったのは志貴にとって喜びだったが、悲劇はその後にやってきた。


「…………」

「レン。おーい、レンってば」

一生懸命呼びかける志貴に対して、猫の姿のレンは警戒と威嚇の意味をこめた厳しい視線をゆるめようとしない。

「なんだよ。なにもしないからおいでよ。レン、レン？」

「……志貴さま」

涙ぐましいくらいにレンを呼ぶ志貴に、そばに立っていた翡翠が声をかけた。

「あんなことがあった後に、レンちゃんが志貴さまに近づかれることはないと思いますが」

「なんでだよ、翡翠」

「特に、今はお食事中ですので」

そう、ここは食堂である。今、志貴は久しぶりに秋葉のいない夕食をとっているところだったのだ。いつものように志貴のそばに控えていた琥珀もあっさりと同意する。

「この前腰が抜けるものを食べた時と同じ状況ですもんねえ。こればっかりは仕方ないんじゃないでしょうか」

「そんな……」

ただでさえ外に出ればブーたれたアルクェイドと怒りを内に秘めたシエルに板ばさみを食らい、秋葉にはねちねちと注意されているのだ。傷だらけになった心と神経が癒しを求めているのに、いつもなら癒しをくれそうなレンは近寄ってこないのは、もはや不幸という言葉では言い表せない状況である。

「ヘンな食べ物を食べさせられるかもって警戒してるみたいですから、しばらくは近づいてくれませんね」

「そんな……そんなぁ……」

「さあ、翡翠ちゃん。レンちゃんにご飯をあげましょう」

「はい、姉さん」

「…………」

楽しげに厨房へ消える二人を追うように、レンも厨房へと行ってしまう。残された志貴は、もはや号泣する以外になにも残されてはいなかった…………

PROFILE&COMMENTS

加納新太
Arata Kanoh

一九七五年生まれ。愛知県立大学文学部卒。フリーのライター・編集者として映像情報誌、アニメーション雑誌の制作に携わる。二〇〇二年、小説家・あすか正太と共に創作集団「ガネーシア」結成。代表作『アクエリアンエイジ外典　Girls a War War!』（脚本）を学習研究社『Megamiマガジン』にて連載中。

■最初はコミカルギャグにするつもりだったんです。ところが一行目の秋葉のモノローグを書いた瞬間「あっ、これは違う！」と思いました。これは単なるギャグで書いていい話じゃない、と。なんだか秋葉本人が、自分の想いをギャグのネタとしてだけ使われることに抵抗しているような気がしました。だからドタバタを残しつつシリアス仕上げ、軽オチ付き、です。浅上トリオの絆を感じていただければ幸い。ご感想ください。編集部まで。

桜二等兵
Nitohei Sakura

都内在住。現在、月姫アンソロジーなどで漫画やイラストを執筆中。ノベルの挿絵は今回が初。
http://www.bf.wakwak.com/~sakura2nd/denshime/

■今回初めて小説の挿絵を描きましたが、楽しくやらせて頂きました。とりあえず月姫では何は無くとも浅上女学院な私としましては、今回私をこのお話の挿絵担当に抜擢して下さった編集さんの粋な計らいにただただ感謝するばかりです。蒼香萌え。

枯野瑛
Akira Kareno

ゲーム制作集団「Aチーム」に所属。師匠は同チーム主宰である水城正太郎。フランスびいき。最近の口癖は「また停電ですか」。蚊に好かれる体質。近頃よく聞くBGMは近所の小学校のチャイムの音。

■最高の不幸とは、幸福を剥ぎ取られることである——今回書かせて頂いたのはそんなお話です。当初は明るいネタでいこうとか考えていたのですが、キャラ担当がさっちんに決まったとたん、私の指がうきうきと踊りながらこの話のプロットを書き上げてしまいました。というわけで、当初の予定だった「湯けむりさっちん殺人事件旅情編～インドの山奥で幻のさっちんを見た～」はまたの機会に譲ります。嘘ですが。

PROFILE&COMMENTS

氷山あずき
Azuki Koriyama

三月生まれのB型、職業は塗り屋。現在は（有）フェイバリット所属。

■はじめまして。この様な公の場でさっちんを描かせて頂きFAN冥利に尽きます。皆さんのイメージと違っちゃってたらごめんなさい。また何処かでお目にかかれたら幸いです。今回お誘い頂きありがとうございました。

根岸裕幸
Hiroyuki Negishi

一九七五年、福島県郡山市生まれ。人の縁のチェーンコンボで、気が付けばこんなところに。本書が初めての商業作品なので、特に記するべき実績も無く、スペースを持て余し気味。Copland計画に夢を見せられ（ころっと騙され、と読む）、今じゃすっかりOSX信者な二七歳。

■恐れ多くも正ヒロインを担当させて頂きました。皆様が求めているような話の右斜め下四五度位をロケットで突き抜けてしまい、ファンに十八分割されやしないかと気が気ではありません。無茶なプロットを通して頂いたTYPE-MOON様に感謝致します。一本目のプロットはもっと無茶過ぎてTYPE-MOON様まで行かなかったの（略）。

山本七式
Nanashiki Yamamoto

焼き肉のたくさん食べたいフリーのイラストレーター、ひとよんで焼き肉イラストレーターです（今、命名）。いろんなお仕事やってます。どんどん正直者になっていくので、よろしくネ！　ゲリラスタントスタジオというサークルで創作やってます。根岸とかカシマミとかオレが仲良くケンカしながらいろいろやるヨ！
http://www.zephyr.dti.ne.jp/~ivanhoe/

■よぉ～（声：野沢那智）。根岸の絵担当、山本七式です。仕事として挿絵は初めてで困った。通常、挿絵とは本文あっての挿絵かと思うのですが（中略）むしろオレの絵に文章を合わせれ（中略）だって本文全然あがんな（以下略）。という感じで埼玉のサンフランシスコ、さいたま市（?）より愛を込めまくりました！　ハイ！

PROFILE&COMMENTS

貝花大介
Daisuke Kaihana

九五年に『プレゼントはわたし』（「小説アリス」掲載）でデビュー。商業ベースで十八禁じゃない小説を書いたのは今回が初めて。ゲーム制作集団「Aチーム」に所属。

■クリエイターとファンが見ているモノは同じではない。主観によるバイアスを受けずに何かを理解することは原理的に不可能だ。作品の実体はクリエイターの思い描いたイメージとファンが受け取ったイメージの中間に存在する。わたしもいちファンとして月姫に触れ、わたしなりのイメージを持っている。その投影が拙作だ。読者諸兄がわたしの描出した翡翠たちを本家同様に愛してくれたなら幸いである。

無私天使
Mushitenshi

最近各方面でいろいろ絵のお仕事やってる女の子描き。　時たま硬派絵描き。同人サークル「Atelier ponyo2 Heart」を運営。

■はじめまして。表紙と挿絵を描かさせていただきました。無私天使です。う～～ん　如何でしょうか？　自分なりに一生懸命がんばってみました。表紙はかっこよく。挿絵はかわいく、という感じで……。1カットでも気に入っていただければ幸いです。それではまたどちらかで。

関　隼
Shun Seki

一九七七年生まれ、雄。就職試験に落ちた出版社から初単行本を出すという珍妙なデビューを飾り、依頼があればどこでもお話を書く放浪作家生活を満喫中。今までに受けた仕事は「聖痕のジョカ」小説版（電撃文庫）、PCゲーム「ぽぽたん」（フォンターナ）など。同人サークル「百年ノ満月」で活動中。

■どうも、「百年ノ満月」って所で同人やってる物書きの関　隼という者です。今回は色々な要素が絡み合って、ここにお呼ばれしました。商業で書く事で、普段気楽に書きすぎな「月姫」のパロディ小説へのいい喝になったと思います。お祭りに足跡も残せましたし、次に狙うのはレギュラー入りですかねえ……。今回はありがとうございました。

PROFILE&COMMENTS

宇佐美渉
Wataru Usami

十一月十四日生まれ。最近は雑誌休刊で中断している『ペンデルトーンズ』というまんがの続きを準備しつつ、ゲーム系アンソロジーを中心に細々と生存中。既刊単行本は『Pastel Colors』『メイプル・フール・デイズ』『TWINS+』（シュベール出版）など。
http://ww5.tiki.ne.jp/~usami/

■最近、月姫キャラを描く機会が増えてうれしいです。月姫キャラをカラーで描いたのは今回のレンが初めてだったのですが……。まだCGに慣れてないので、なかなか上手くいきませんね。精進したいと思います。

編集協力　TINAMI（多聞）／yuz4@plus

■ご意見、ご感想をお寄せください。

ファンレターの宛て先
〒154-8528 東京都世田谷区若林1-18-10
株式会社エンターブレイン メディアミックス書籍部
月姫 アンソロジーノベル① 係

■ファミ通文庫の最新情報はこちらで。

エンターブレインホームページ
http://www.enterbrain.co.jp/fb/

■本書内容に関してのお問い合わせ先。

カスタマーサポート **03-5433-7868**
(祝祭日を除く毎週月曜日から金曜日までの正午〜午後5時受付)
support@ml.enterbrain.co.jp

ファミ通文庫

月姫《つきひめ》 アンソロジーノベル①

二〇〇三年四月一日 初版発行
二〇〇四年二月二〇日 第七刷発行

著者 枯野《かれの》 瑛《あきら》 ほか
発行人 浜村弘一
編集人 青柳昌行
発行所 株式会社エンターブレイン
〒一五四-八五二八 東京都世田谷区若林一-一八-一〇
電話 〇三(五四三三)七八五〇(営業局)
編集 メディアミックス書籍部
担当 岡本真一
デザイン 沼田里奈
写植・製版 株式会社オノ・エーワン
印刷 凸版印刷株式会社

定価はカバーに表示してあります。
落丁本・乱丁本はおとりかえいたします。

ISBN4-7577-1365-7